父の遺言

戦争は人間を「狂気」にする

伊東秀子

花伝社

父の遺言——戦争は人間を「狂気」にする◆目　次

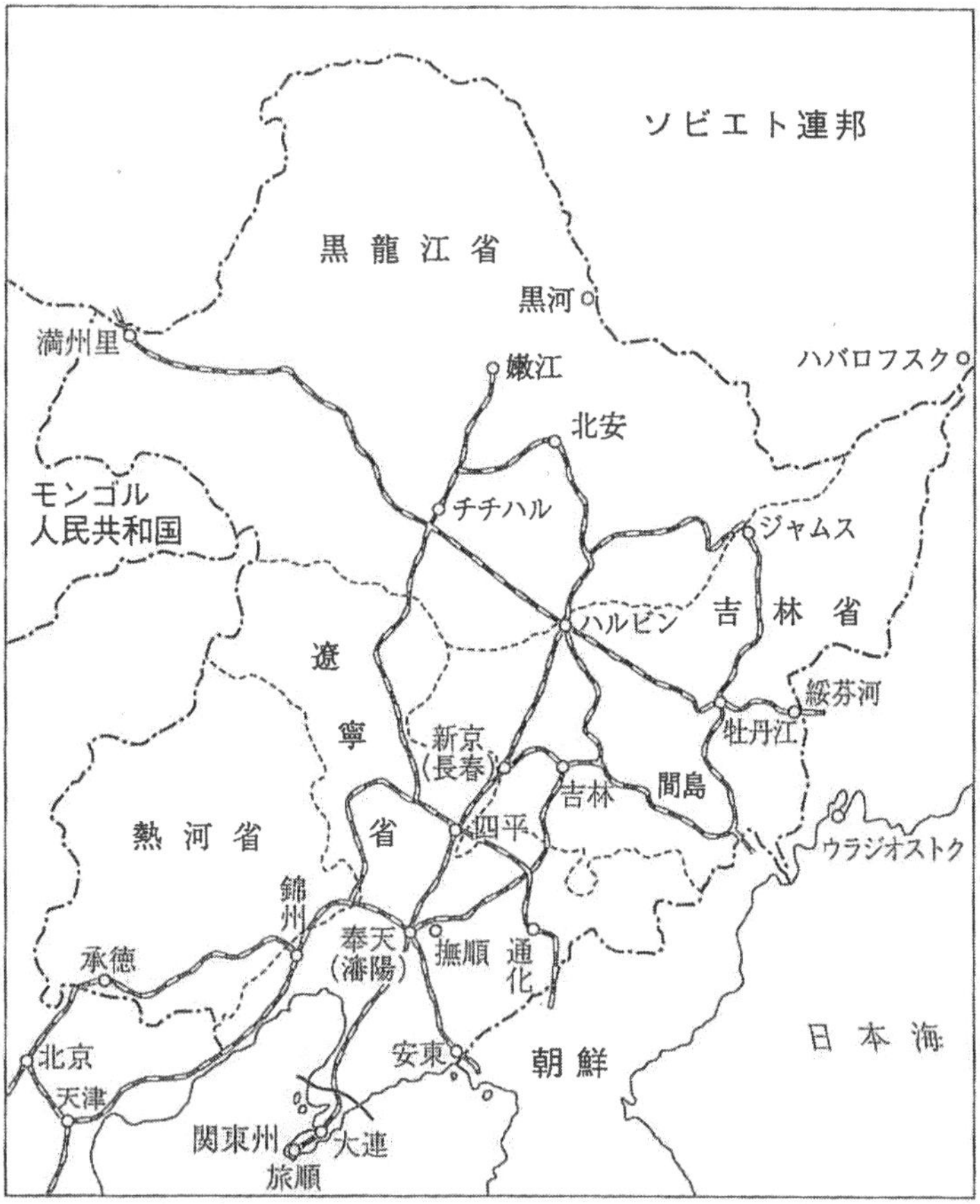

「満州国」（中国東北）地図（1933年ごろ）

はじめに

２０１５年9月18日、私は中国の瀋陽にいた。ちょうど日本では、安倍政権が安保法制を強行採決しようとしていた前夜である。「安保法制の強行採決反対！」のデモが国会周辺を取り囲み１９６０年安保以来55年ぶりに起こった大規模なデモは、地方都市にまで拡がっていた。

私は21日から北京で行われるシンポジウムに出席するため、9月17日に日本を発ち、父が7年間過ごした撫順の戦犯管理所を再訪するため、まず瀋陽に降り立った。

9月18日の朝、柳条湖近くのホテルで朝食を終え、通訳をして下さる大連理工大学の周桂香先生とお喋りしていた時、「午前9時18分」きっかりに、突然、サイレンが鳴り響いた。

私は何が起きたのかと驚いて、急いでホテルの外に飛び出した。

外に出ると、広い幹線道路を走っている車が一斉に停止し、歩道を歩いている市民も皆歩みを止めて、静かに沈思黙考している。これは一体どういうことなのか。不審に思って傍に立っている周桂香先生の方を見た。

周先生は目に涙を浮かべて悲しそうな表情で静かに立っていた。

その日は、日本の関東軍の幹部が満鉄を爆破させ、それを中国側の仕業であるとして、その後15年間続いた日中戦争が始まった日だったのだ。満州事変の起こったこの「屈辱の日」を忘れないために、中国各地で、9月18日午前9時18分と午後9時18分に、車や歩行者は一斉に静止して黙考すると言う。

周先生は、涙を浮かべている自分を不思議に思っている私に気付いたのか、その理由を静かに語ってくれた。


彼女の出身地は山東省で、日中戦争当時、日本軍による苛烈な討伐が行われた地である。

彼女は小さい頃から、祖母や母が日本軍により蒙った苦しみを語るのを聴いて育った。

母は幼い頃、毎晩、水や食べ物・着替えを入れたリュックを枕元に置いて寝た。日本軍が攻めてくると、リュックを背負い母に手を引かれて逃げた。日本軍が居なくなって家に戻ると、家中が跡形もない程荒らされ、食べ物は奪われ、家畜が殺されていることもあった。そうした事が何度も繰り返された。

そのために周先生の母上は、今でも日本や日本語を忌み嫌っていると言う。周先生が大学に進学した頃、ちょうど日本と中国の国交が回復され、中国政府は日本語の話せる学生を増やす政策をとり、語学の得意な周先生は大学側の選考により日本語学科に進まざるを得なくなった。

そのため、卒業後も日中の合弁企業で働くことになったという。「母は私が日本語学科に進んだ時、とても悔しがりました。そして、通訳の仕事をし始めた頃から、母は我が家に足を踏み入れなくなったのです。孫を大層可愛がっていたのに、今では孫にも会いに来てくれません」と、寂しそうに、日本人である私に話してくれた。

日中戦争の戦犯を父に持つ私には、返す言葉も無かった。

瀋陽に2泊した後、9月20日、私は列車で北京に向かった。

21日から始まる「戦争の痛みを忘れず、心の中に永遠の平和—中日関係シンポジウム」（主催中国友誼促進会）に出席するためである。このシンポジウムは、日中の関係者約50名が集まって、安保法制を強行採決した日本の政治状況が日中関係に及ぼす影響、民間人交流を通じた関係改善の展望などを話し合うために企画されていた。また、中国の寛大政策により全員日本に帰還した戦犯たちが、帰国後中国帰還者連絡会（中帰連）を作り生涯をかけて「反戦平和」と「日中友好」の活動を行ったが、私はこのテーマで帰国後の父について報告することになっていた。

私の父は日中戦争を指揮した戦犯として、シベリアでの5年間を含め通算12年間、シベリアや中国の撫順戦犯管理所などに収容された後、無事日本に帰国した。

帰国後の父は、「日本軍が中国に対してやったことを思えば、私は死刑になって当然だった。なのに、こうして帰してもらうことが出来た。本当に、中国には申し訳がない、足を向けては寝られない」と口癖のように言い、「戦争は絶対にしてはならない！」と言い続けた。また、「戦争は人間を獣にし、狂気にする」と語り続けた。

私が、「日本は憲法9条があるから、戦争に加担することは有り得ない。お父さんの言う事は時代錯誤よ」と反論すると、父はいつも強く否定した。

「それは違う。戦争は、時の為政者次第で、時代の衝動のように突然起こる。そして、一旦起きたら、もう止められない。

関東軍の一部の幹部の謀略で満州事変が勃発した。しかし、その後も中国での侵略は続き、太平洋戦争に突入していった。

日本の自衛隊が武器を持って外国に出るようになったら、また、同じ事を繰り返すかもしれない。だから、中国や朝鮮半島の国々とは絶対に仲良くしなければいけない！」と言い続けた。

そして、

「兄弟仲良く暮らしなさい。絶対に戦争をしないように、日中友好のために、力を尽くしなさい」

という遺言を残して、85歳で逝った。

私は、こうした父の戦後を報告しながら、いろいろなことがまぶたに浮かんだ。

父が逝って20年余り後の２０１０年の夏、私が撫順の戦犯管理所跡を訪ねた折、起訴状を見て初めて父の具体的な戦争犯罪を知ったこと、そして、父があの恐ろしい七三一部隊に多くの中国人の抗日運動家を送っていた事実を知った時の強い衝撃、が想い出された。

シンポジウムでこうした父のことを報告している最中、私は、「中国の人々に本当に申し訳ないことをした」「戦争は絶対するな！」と言い続けた父の姿と、あの時受けた強い衝撃とが交錯して、止めどもなく涙があふれ出た。そして、魂の底から突き上げてくるような悲しみが私を襲い、声が詰まって話せなくなったのである。

このシンポジウムを終えて日本に帰ってきた時、私の中で、何かが、大きく変わり始めていた。それまでの私は、父の戦争犯罪について他人に語ることはなく、口をつぐんできた。父が七三一部隊に深く関与していた事実も誰にも話さなかった。

ところがこの時以降、私は、父たちが中国で行った日中戦争の内実、それを遂行した者のその後の苦しみ、父たち戦犯の苦しい「認罪」と人間再生の過程を、本人の自筆の供述書に基づいて本に書こう、と固く決心したのである。

父を含む戦犯たちの自筆の供述書は、自らが行った事実を淡々と語りつつ、「戦争」とは一体どういうものかを生々しく物語っている。

そして、

「戦争とは、人間が人間でなくなることであり、国家が国民に人殺しを強制すること、戦争の極限状態では、人間が『獣』になり、狂気になること」を、事実を以て証言している。

中国人が平和に暮らしていた村を襲い、村ごと虐殺した事実も、目の前の中国人を斬首した事実も、それをやった本人が供述している。

また、裁判らしきものもせず、中国の抗日運動家たちに死刑を宣告して執行し、あるいは七三一部隊に送ったことを、満州国司法院の検察官だった本人が供述している。

戦争とは、ごく普通の人間が、こうした「異常」を平然と行うようになることであり、現に、僅か70年前まで、日本の軍隊は中国でそれを行なってきた。


私は、今の日本の政治状況の中で、父を含め日中戦争を遂行した者たちの生の証言に基づいて、「戦争により、殺される被害者のみならず、加害者も心が殺されていく現実」をどうしても伝えたい、と強く思ったのである。

安倍政権は、憲法9条の下で、集団的自衛権を行使するために、自衛隊を他国の戦争に派遣する法律を制定した。

集団的自衛権の行使とは、具体的には、日本の自衛隊員がアメリカの行う戦争に加担して他国の人間を殺すこと、その国の人々の生活を根こそぎ破壊し尽くすことである。

なぜ、今、自衛隊が、他国の戦争に加担しなければならないのか。

なぜ、自衛隊員を他国の戦争に派遣して人殺しをさせ、その加害の苦しみを生涯に亘って負わせなければならないのか。

戦争をすることで大きな経済的利益を得る一部の層を除き、普通の国民にとってその必然性は皆無である。

また安倍政権は、安保法制を制定する主たる目的を、中国や北朝鮮の軍事力の脅威に対抗するためだという。

確かに、現在の中国は建国早々の時期の中国とは異なってきており、日本との間には、尖閣列島を巡る軋轢もある。

しかし、日本はわざわざ中国に出かけて行って15年間も惨酷な侵略戦争を繰り広げてきた。また、朝鮮半島の人々に対しても、その母国語を奪って「創氏改名」を行わせ、日本に強制連行して過酷な労働を強いた。この歴史的事実は、絶対に消し去ることは出来ない。加害者は忘れても、被害者は子々孫々これを絶対に忘れない。

ドイツのヒットラーがユダヤ人の大虐殺を行なった事実が消えることがないのと同じように。

そういう歴史的な現実が日本と中国、朝鮮半島の人々との間には存在している。

だからこそ日本は、どんな軋轢が生じたとしても、これまでと同様、外交努力によりそうした軋轢を解決しなければならない。

私は、日中戦争を現実に遂行した者の家族として、父とその仲間の戦犯たちの認罪の苦しみを見てきた。

そして、安倍政権が、日本を「戦争のできる国」に変えようとしている今こそ、日中戦争とはいかなる戦争であったかを伝え、戦争が加害者に残す傷痕の深さを、本書を通じて世に伝えようと思った。

本書は、主として、２００５年に全文が公開された45名の日中戦争の戦犯たちの自筆の供述書（写し）をもとに、こうした事実を伝えようとするものである。

Ⅰ．1945年8月15日敗戦

1．中国からの引揚げ

1943年8月15日、日中戦争が終わるちょうど2年前に、私は、いわゆる「満州国」の新京（現在の吉林省長春市）の関東軍司令部陸軍官舎で生まれた。

父は、その直前まで大阪大手前憲兵隊の分隊長として勤務しており、私は大阪城前の官舎で生まれるはずであった。ところが、その年の7月末、父は満州の関東憲兵隊司令部に配属となり、母は臨月のお腹を抱えて、父に従って朝鮮半島の釜山経由で子供4人を連れて満州に渡った。

母方の祖母や親戚は皆、日本でお産をするよう説得したらしい。しかし、母の意思で中国大陸に一家で渡り、満州に到着してすぐ、私は生まれたという。この母親の決断が私たち一家のその後の運命と歴史を形作っていくことになった。

父は、新京勤務の後、鶏寧・東安そして四平の憲兵隊長を務めたが、1945年8月9日ソ連軍が満州に侵攻して日本に宣戦を布告。そして8月15日に日本は敗戦を迎え、父は、8月24日、満州に侵攻してきたソ連軍を通化の駅に迎えに行ったまま連行され、消息を絶った。

父はそのことを事前に察知していたのか、朝、家を出る時、母に「今日はどうなるか判らない。子供たちを大事に育てるように」と言い残して家を出たという。

その後、私たち家族は、翌年の1946年12月、母が5人の子供（15歳の長女、13歳の長男、11歳の次男、6歳の三男、3歳の私）を連れて、貨物列車を乗り継いだり、歩いたりして中国の葫蘆島《ころとう》までたどり着き、そこから船に乗って長崎県の佐世保に引き揚げた。旧満州から本土に引き揚げた日本人は、民間人を含めて127万人余りの数だったという。当時3歳の私にはこの引揚げの記憶は全くない。

生前、RKB毎日放送に勤務して社会派ドキュメンタリーを多く手掛けてきた次男の上坪隆（故人）の著書『水子の譜《うた》』（徳間書店刊）には、葫蘆島で日本に向かう引揚げ船に乗るまでの満州での情況について、次のように書かれてある。

私（上坪隆のこと）は昭和21年の末、中国の通化という所から引き揚げてきた。革命戦争が戦われていた当時の中国を、私たちは歩き続け、野宿をしながら日本へ向かった。途中、私は多くの死者たちに出会わなければならなかった。飢えと栄養失調で歩けなくなった者は置き去られた。病気の孤児たちを助けるゆとりは大人たちには無かった。それはみんなが明日は我が身であったからであろう。私もその紙一重のところで孤児たちの群れの中に居たはずだった。三十数年経っても私の体の中には、あの引揚げの途中で出会った死者たちの歪んだ顔があって、時として私をおびえさせる。それは生理的なもののようでもある。（中略）

通化という街には、戦後北からの難民が多数逃げ込んできた。そうした人びとは山の中腹にある日本人街にすし詰めに収容された。私の家にも6家族二十数人が住み、押入れにふとんを敷いて寝た。発疹チフス、コレラ等が流行し、死者が絶えなかった。死者は山の上の空地に土葬したり、少しお金のある人々は火葬にしていた。毎日家の前を通って山へ登っていく人が絶えたことがなかった。火葬の火も毎日立ちのぼっていた。

この街はまた中国の革命戦争の舞台となり、市街戦が繰り返され政権がくるくると変わった。白頭山に逃げ込んでいた日本軍の残党が蒋介石軍と結託して、日本居留民を動員して中国共産党軍に反乱を起こし、多くの一般日本人が殺された。「通化事件」と呼ばれる事件だが、この時、私は目の前で何十人もの人が殺されるのを目撃するという恐怖の体験を味わっている。千人を超える屍体が裸にされ凍土の上をすべらされ、川の中に捨てられるのも見た。

引揚げの時、私たちは、革命戦争で鉄道が破壊されていたために荒野を歩き続けた。道は崩れ、橋は落とされていた。何日間歩き続けたのか、記憶もはっきりしない。ただ野宿をしたり、学校のような建物に泊まり、翌朝行軍を開始するという日が続いた。出発するとき母は必ず私をきびしく見据え、「隆ちゃん、なんでも人目につくような目立ったことをしてはだめよ。目立ったら人に殺される。じっと隊列のまん中にいなさい」と言った。病気や疲労で歩けなくなった人たちは列から落伍していった。私はただ人びとから無視されもせず、かといって決して目立つこともなく、静かに隊列の中ほどを懸命に歩いた。私の洋服のボタンは布製のまるいもので母親の手製であった。そのボタンのひとつには「金」のカマボコ指輪が隠されていた。引揚げの際、母はなけなしのお金をはたいて、どこから金のカマボコ指輪を買ってきて、それをボタンにして、私の洋服に付けてくれた。「このボタンがあれば2か月は生きられる。途中ではぐれても絶対に生きていけるのよ、大丈夫なんだからね」と母は私に言った。途中、私は一度もその洋服を脱ぐことはなかった。ある野宿の夜、みんな焚き火を囲んで眠った。明け方寒さのために私は目を覚ました。夜露で洋服は湿っていたが、焚き火の炎の向こうにうずくまってじっと火を見ている母の顔があった。私は安心してまた寒さをこらえながら眠った。翌朝、この焚き火を囲んで寝た一団の中の幼女が1人死んだ。この引揚げの道々、私は多くの死者たちに出会った。私はただ目立たぬように、決して遅れをとらぬように歩くだけだった。

こうして私たち一家は葫蘆島に辿りつき、引揚げ船で日本に帰り着いた後、しばらくの間佐賀県の母方祖母の家で暮らした。そして女学校や旧制の中学に進学する長女と長男だけが祖母宅に残り、下の3人の子供と母の4人は父の郷里である鹿児島県川辺郡大浦村という農村に移り住み、そこで母が初めて農業をしながら私たちを育てる生活となったのである。

2. 父の半生

私の父上坪鉄一は、明治35年4月9日、鹿児島県の薩摩半島の突端に近い大浦村で、4人兄妹の次男として生まれた。父方祖父母は、私の出生前に死亡しており、私には祖父母の記憶が全くない。

父が戦後戦犯として収容されていた中国撫順（現在の遼寧省撫順市）の戦犯管理所時代に自筆で書いた供述書（1954年5月19日付）には、次のとおり記載されている。

1. 氏名、生年月日、年齢
上坪 鉄一、1902年4月9日生 53歳

2. 本籍地
日本鹿児島県川邊郡笠沙町大浦1004番戸

3. 現住所

同上

4．家庭成分

私の幼時、田畑約五段（反）、山林約五段（反）、牛2頭を有する中程度の自作農なり。父は部落の組長たり、兄弟は、兄1人、妹2人（既に嫁す）、外に父の兄（私の生後死す）の子供が2人在りて兄弟の如くして成長せり。

5．家族の状況

父母は既に死亡す。妻キワ 46歳 無職。長女紀恵子 24歳、長男宏道 22歳、次男隆19歳、三男正徳 15歳、次女秀子 12歳。以上家族は現住所に在り。子供は小・中学校に通学中なりしも其の後の状況不明。

（父がこの供述調書を書いたのは1954年5月で、父には敗戦以降の家族の生死すら不明のままだった。）

父の妹である叔母たちの話によれば、祖父の庄之助はとても信仰心が篤く寺総代を務め、また周囲の面倒見も良くてリーダー的存在だったらしい。大変教育熱心で、長男は商船学校を出て外国航路の船長になり、次男の父は村の国民学校から鹿児島一中に進み、その後、陸軍士官学校に進学した。父の妹2人も師範学校を卒業している。

父が幼少期を過ごした頃は、日露戦争（1904年～1905年）の勝利に国中が湧き立っている時代で、軍人になることが当時の少年たちの夢であり、一家の誉れでもあったという。

父は幼き頃より学業がよく出来、体操にも秀でていたようで、祖父の自慢の息子だったらしい。

祖父は、父が子供の頃から「この子を立派な軍人にする」と口癖のように言っていたという。

そのためか、父が郷里の尋常小学校を出て国民学校に進んだ時、祖父は父を「静修学舎」という塾に入れて武士的訓育を受けさせ、鹿児島一中の学生の頃も「報徳塾」という武士道を重んずる塾に寄宿させている。鹿児島県の片田舎で育った父が名門の鹿児島一中を受験して勉学を志した背景には、小学校時代の恩師（※1）吉見又十郎先生の影響が大きかったという。

父の若いころの写真

　さて、１９２２年の春、父は鹿児島一中を卒業して東京の陸軍士官学校予科に進学した。当時の陸軍士官学校は、予科で２年間学業を学んだ後、約半年間、士官候補生として軍隊に入隊させ、実務を修得させていた。そのため、父は１９２４年４月から９月まで浜松歩兵67連隊に入隊し、10月から陸軍士官学校本科で学び、1926年8月、北海道旭川の歩兵27連隊に入隊している。

そして海軍の高官（後に海軍中将・海軍兵学校の校長など歴任）だった母方の叔父大川内伝七に見込まれたのか、叔父の世話で私の母山本キワと見合いし、1931年1月に結婚している。

母は佐賀県鹿島の女学校を卒業後、親戚から次々と縁談を持ち込まれることを嫌がり、当時海軍にいた叔父の家に身を寄せて家事手伝いをしていた。「姉さんは田舎に居る時は、あんなに縁談を断ってばかりいたのに、鉄一兄さんと見合いした時だけは一発で決めた」と、母の妹の叔母がいつも私たちに語ってくれた。

父が、旭川の歩兵27連隊にいた頃、雪深い旭川で両親の新婚生活が始まっている。母は九州で育ったため、北海道でも有数の豪雪地帯である旭川での生活は何かと大変だったらしい。旭川で迎えた初めての朝、1メートルもの氷柱が簾のように軒先に下がっているのを見て本当にびっくりしたとよく話していた。1931年10月、長女の紀恵子が出生したが、その年の9月18日、中国では柳条湖事件（※2）が勃発している。

この事件が基になって満州を中華民国から切り離し、1932年3月、日本はあのラストエンペラーで有名な元清朝皇帝の溥儀を「執政」（後に皇帝）に据えて傀儡国家「満州国」を作り上げ、この後、中国の領土を占領し続けて行くきっかけとなった。そして、長春は「新京」と改名され、「満州国」の首都となったのである。

両親の新婚の頃（旭川にて）

秀子（１歳）と父（満州にて）

日本は『満州事変』について、満州の分離・独立を目指す中国人勢力が満鉄鉄道を爆破したと虚偽の事実を主張した。しかし、真実は、関東軍が軍中央部の暗黙の了解の下で満鉄爆破を行ったものであり、これ以降、日本は満州での支配を南の方へと拡大していき、1937年7月7日、関東軍は中国の中心部の華北を占領して日中全面戦争が始まったのである（盧溝橋事件）。さらに、1941年12月にはアジア・太平洋地域にまで戦争を拡大していき、1945年8月、原爆投下により敗戦を迎えるまで、日本は中国の地で泥沼の戦争を続けた。

満鉄の爆破とその後の傀儡国家「満州国」の成立は、日本が中国の領土を占領した、明らかに国際法への挑戦であった。事実、中国の提訴を受けて国際連盟理事会が派遣したリットン調査団は、1932年10月、満州の分離・独立を認めない内容の報告をし、国際連盟総会は42か国の賛成により調査団の報告を承認したため、日本は国際連盟を脱退した。こうして日本は中国東北部の政治・経済の実権を握り、占領を拡大していった。

1933年の2月、長男宏道が旭川で出生した。その年の5月、父は旭川第7師団の編成する部隊と共に北支（中国東北部）に出征し、以後1年半の間、父は中国で戦争に従事し、中隊長を務めたりしている。

この間、母は2人の幼な子を連れ、佐賀の実家で過ごした。父が第7師団と共に日本に帰還した後の1935年9月、次男隆が旭川で出生している。満州事変以降、大多数の日本の国民は、日本軍が中国の軍事占領を拡張するべく侵略戦争を続けている事実を、中国軍の権益侵害に対する「自衛」の戦争であるとの軍部の宣伝を信じ、熱狂的に歓迎したのである。多くの日本の国民は、関東軍が満州に「王道楽土」を建設して軍閥の抑圧から中国人を解放するという軍部の宣伝を信じていた。

1937年7月、日中全面戦争（日華事変）が始まったため、父は北支那派遣軍直轄憲兵隊として北支に渡った後、1939年4月東京憲兵隊司令部に移り、さらに1941年8月から1943年7月まで大阪大手前憲兵隊分隊長を務めている。この間の1940年11月3日に東京で三男正徳が出生し、1943年8月15日、満州に一家が渡った直後に私が生まれたのだった。

このように、父と母が結婚して以降、父はずっと日中戦争に関わっていて、私たち一家の家族の歴史もまた「日中戦争」に深く関わっていくことになる。

3. 引揚げ後の一家の生活

私たち家族は、日本に引き揚げて以後、長女と長男は佐賀県に住む母方祖母の許に預けられて旧制の女学校や中学に通い、母と下3人の兄妹は父の実家の鹿児島県の薩摩半島突端の農村で、母が人生で初めて農業に従事する生活となった。

1946年の暮、私たち母子4人は、鹿児島県の父の実家がある郷里の村に帰った。父の妹

引き上げ直後の家族写真（1947 年３月）

一家7人との同居の暮らしが始まった。母は口数の少ない慎み深い性格だったが、非常に誇りが高く、内に秘めた強い意思で実家に世話になる道を選ばず、夫の生家で農業をやりながら子供を育て、生計を立てる道を選んだのである。38歳になって初めて農業を始めるということは、母にとって悲愴な決意だったに違いない。

親子5人が佐賀と鹿児島で離れ離れに暮らすことになる日の前日、武雄市の写真館で撮った1枚の家族写真がある。その時の母の表情には悲愴感と固い決意が漂っている。一方、子供たち5人はどこか安心した表情を見せている。

「母はなぜ鹿児島で農業をして生計を立てると決意したのか」

母はそのことについて一度も子供たちに語ってくれたことはなかった。そんなことを口にする余裕もないほどに必死に生きていたのかもしれない。

母は自分の気持ちを口にすることの少ない女性だった。

鹿児島で叔母の家族との同居により、しばらくの間、子供8人と大人3人という大世帯となった。この頃、村には我が家のように外地や都会から引き揚げてきた家族が同居して大世帯で生活している家がいくつか見られた。叔母の家族は大変人柄のいい人たちで、私たち一家に対してとても温かだった。私は、兄弟が増えたようで嬉しく、従妹たちと仲良く遊んでいた。

私たち一家が入り込んできたために、それまで生家を守ってきた叔母一家は別の集落に移り住まねばならなくなったが、義理の叔父も叔母も嫌な顔ひとつせず、その後も農業の下手な母を援《たす》け、田植えの時など総がかりでやってくれた。

お正月になると新しい洋服を着せてもらって一家で叔母の家に年始に行くのが一年で一番の楽しみだった。義理の叔父は中学の教師をしており、我が家では食べられないお正月料理がお膳に並び、お年玉をもらえる。それが嬉しくてたまらなかった。この義理の叔父や叔母が居なかったら我が家はどうなっていただろうか、と今でも思う。

当時は食糧難で、農家であってもお米にさつま芋を沢山入れたご飯が普通で、食卓に座るとまず兄と私は我先にと芋の少ないご飯茶碗を手に取る。そのため、母の食べるご飯はいつも芋だらけだった。家にニワトリを飼っていたが、卵は貴重品で、卵が食べられるのは病気の時くらいであった。

引揚げ当時の私は、引揚げ船の中の唯一の食糧の「コーリャン」が食べられず、栄養失調のためやせ細っており、その後遺症なのか、小学校入学まで「脱肛」が続いていた。母や姉・兄たちは「秀子はいつまで生きられるか判らない。この子はとにかく生きていてくれるだけでいい」と言いながら育ててくれた。私はそれをいいことにして、やりたい放題にして育った。

母にとって、38歳になって初めて農業をやることは大変だったと思う。しかし、農業に少しずつ慣れてきた頃の母にはどこか突き抜けたような解放感が漂っていた。「お父さんは必ず生きている」、「こんなに苦労して引き揚げてきたのだから、子供たちには本当にやりたいことをやらせてあげたい」「戦争が終わって本当に良かった。3人の息子たちを軍人にだけはしたくなかったから」と繰り返し話していた。

父がまだ軍人だった頃、3人の息子たちを一列に並べては「この子たちを幼年学校に入れる」と宣言し、論語・孟子を暗唱させていたという。母はこの様子を見る度に「息子を軍人にだけはさせたくない」と秘かに思っていたという。

なぜ、軍人の妻でありながら、息子たちを軍人だけにはしたくないと思ったのだろうか。このことを母に直接問うことも無かったことが今では悔やまれる。

母は鹿児島弁が喋れないこともあって、いつも遠慮がちで、周囲のおばさんたちとの会話でも聞き役に回っていた。兄たちには不安や愚痴をこぼしていたのかもしれないが、末っ子の私は、母が内心を吐露する言葉を聞いたことがない。

一番年長の姉は、たまに、憲兵隊長だった頃の我が家の特権的な暮らしを懐かしそうに話すこともあった。「満州国」における関東憲兵隊の生活は相当に特権的であったらしい。

しかし、母の口からそうした話を聞いたことは一度もない。むしろ母は満州での暮らしについて否定的だった。「よその国を占領し、中国の人たちを『満人』と呼んで奴隷のようにこき使い、特権的な生活をする等『日本がやっていることはどこかおかしい』といつも思っていた」と語っていた。

母は、農業の辛さや疲れを口に出すこともなく、黙々と米作りや田の草取り・野菜作りに精出していた。子供たちを大声で叱ったこともなく、末っ子の私は、いつも母の後ろをくっ付いて歩き、母の顔を見ると安心していた。

母の心の中には、子供たちには「ほんとうにやりたいことをやらせたい」という強い願いがあったのだろう。母は極貧に近い貧しい生活の中で次々と姉や兄たちを上の学校に進学させたのである。「早く就職して親の生活を楽にして欲しい」などと子供たちに言ったことは一度もない。

こうした母の下で、一番上の姉は、鹿児島県の加世田高校を卒業して役場に勤め、後に続く兄たちは、長男宏道が佐賀県の鹿島高校から東京大学へ、次男の隆が加世田高校から京都大学へと次々に進学し、アルバイトをしながら自活して都会の大学で勉強するようになったのである。

母がどのようにして受験や進学のためのお金を工面したのか、小学生だった当時の私には判らない。しかし、兄たちの受験や合格の報が来るたびに、母は机に向かって親戚や知人に借金の手紙らしいものを書いている風だった。私は一度だけその書き損じの手紙を見たことがある。母にとっては子供の進学の喜びは同時に「お金を借りる苦労」に結びついていたのである。他人に借金の申し入れの手紙を書くことは並大抵のことではない。満州時代に父に大変お世話になったとして私たちの生活費や兄たちの学資を援助してくれる人もいた。

こんな生活の中で長男の宏道は、祖母の農業を手伝いながら高校に通って東京大学理科Ⅱ類を受験し、その合格の報の前に、海上保安大学校にも優秀な成績で合格していた。親戚一同、弟妹もいるのだから給料を貰える海上保安大学校に進学させるよう、母を強く説得したらしい。しかし、母が「本人が行きたい大学に行かせる」と頑として譲らず、長男は無事東大にも合格し、自分の好きな道に進むことができたのである。

長男の進学が我が家の光明となり、下の弟妹たちに限りない希望を与えてくれた。

その後、長男はアルバイトをしながら大学院に進んで素粒子の研究者の道を歩み、47年間理化学研究所に在籍し、責任者となって「スプリングエイト」という世界有数の大型放射光施設を作る等国の内外で活躍し、中国との共同研究も多い。晩年は、82歳まで佐賀県鳥栖の放射光施設の理事長を務めていた。

次男の隆は京都大学で教育哲学を学び、ＲＫＢ毎日放送テレビのディレクターになり、父の心を受け継いで日中戦争にかかわるドキュメンタリー等を数多く残している。

三男の正徳は、東京大学で英文学を学んでシェークスピアの研究者となった。

末っ子の私までが東京大学文科Ⅲ類に進み、社会学を学んだ後に東京家庭裁判所の調査官として10年間働いた後、夫の北海道大学赴任を機に3人の幼な子を抱えて司法試験に挑み、弁護士になった。

私たちがこうしてそれぞれの好きな道に進む人生を選んだのも、母の人生観に負うところが大きい。いつも、1人で黙々と農業をやっていた母の姿が、子供たちの選択の羅針盤になってくれたのである。

私は32歳で東京家庭裁判所の調査官の職を辞し、中国哲学専攻の夫の北大赴任に伴い北海道に移住して司法試験を目指して初めて法律を学び始めた。そして自信喪失に陥ると、決まって野良仕事をしている母の姿を想い浮かべた。「あの頃、母はどんな思いで毎日畑を耕し田の草をとっていたのだろうか?」と想い、「まだまだ私は母の域に達していない」と思い直して元気を取り戻した。

私が小学生、三男の正徳が中学生だった昭和20年代の終わり頃は、まだ父の生死も判らず、我が家の暮らしが今後どうなっていくのか全く見当もつかない状況だった。そんな中で長姉は京都に出て市役所の臨時職員として勤めながら京都大学に入学した次男の生活を支え、長男は東京で寮暮らしをしながら物理学を学んでいた。

そして夏休みや冬休みになると2人の兄が帰省してくる。それが一家の一番の楽しみだった。帰省の度に2人の兄は、弟妹のために、アルバイトをしたお金で本やアメヤ横丁から甘納豆やかりんとう等のお菓子をどっさり買ってきてくれた。

私と正徳兄は、兄たちの帰省を知らせるハガキが届くと、毎日「今日こそは帰ってくる！」と来る日も来る日も村のバス停まで兄たちを迎えに行った。庶民にとって電話など全く縁のない時代である。当時の大学生は角帽をかぶっており、角帽をかぶった兄たちが帰ってくると、村で話題になったらしい。兄たちが帰省すると母の農作業を手伝い、家中が活気に充ちてくる。お正月近くになると、兄たちが孟宗竹をのこぎりで切ってお墓の花入れを作り、ご先祖様のお墓を一家中で掃除した。また、兄たちが帰ってくると話題は政治や文学の話などいきなり高尚になる。兄たちが交わす話題は、私や正徳兄をワクワクさせ、自分も勉強して早く兄たちのようになりたいと強く願った。

姉や2人の兄たちには、満州時代の記憶が鮮明に残っているのか、母を含めた会話には、満州での生活や戦後の引揚げの話題が上ることがよくあった。

満州では、父の部下たち大勢が我が家にきてお酒を飲む時は、2人位の料理人が来て料理を作り、女学生の姉も御酌をさせられたこと、戦地から帰った父はいつも神経がピリピリ尖っており、母は幼い子供を抱えて気が休まらなかったこと、父は気に入らないことがあると「軍刀でたたっ斬る‼」と青筋を立てて母を怒るので、姉は心配で夜もおちおち眠れなかったことなどが、よく話題に上がった。そんな時、母は決まって「戦争だけはもう懲り懲り！　よその国に出かけて行って中国の人たちを奴隷のようにこき使うなど良いことが有るはずがない」と語っていた。

昭和20年代終わりから30年代の初めにかけては、ロシア民謡や反戦歌が流行っており、兄たちはそうした歌をよく口ずさんだ。長男の宏道は「犬ふぐりの歌」がとても好きでよく唄った。

丘は今も柴山
いぬふぐりも咲いている
息をはずませのぼった
くにさんと一緒にのぼった

御茶の子のむすびをもって
2人呼び合いながらのぼった
ももひきの小さな足を

干し草のにおいが乾かした

いぬふぐりを忘れない
くにさんを忘れないずっと
戦争の悲しさを忘れない
戦争が起こらんようにする

私もこの歌が好きで一緒によく合唱した。

この歌は、1950年に朝鮮戦争が勃発したとき、東大音感合唱団のメンバーだったすずきみちこさんという女性が創った曲だという。すずきさんは、小学校2年生のとき、千葉の木更津で敗戦を迎えた。戦争当時、小学生の子供も民兵として干し草づくり（軍馬の飼料のため）に勤しみ、競争で草を刈った毎日。その草原には一面にいぬふぐりの花が咲いていた。戦意高揚のため高鳴る軍艦マーチに乗せて送られていった兵士たち。すずきさんの家でも、若い奉公人が出征していった。「勇ましく出征していった彼らが、実は飢えて死んで逝ったことを知らされ、幼な心にショックでした。戦争というものの惨めさを知った思いでした」と、後にすずきさんは語っている（『うたごえ新聞』2009年3月23日号）。

母は口癖のように「世の中の移り変わりも、人の一生もどうなるか分らない。結局、人間にとって、やりたいことを精一杯やるのが一番いい。自分が本当にやりたいことを見つけるために、若い時の勉強が大事なのよ。お金がなくても道は何とか開ける！」とよく言っていた。

これは、むしろ、母が自分に言い聞かせるための言葉だったのかもしれない。普段は口数の少ない母のこの言葉には、子供たちにそれを無条件に信じこませる説得力があった。そのために、私は「自分のやりたいことを見つけるために勉強するんだ！」と信じて疑わなかった。母のこの達観した強い信念がどこから生まれてきたのか、その頃の私は考えたこともなかったし、聞いたことも無い。

今頃になってそのことが悔やまれる。私が母の人生について深く考えるようになったのは、自分が3人の子の母になってからのことである。

4. 母の生い立ち

私の母キワは明治41年7月、長崎県平戸の造り酒屋山本家の3人姉弟の長女として生まれている。山本家は、元松浦藩の藩士の出で、母が生まれ育った頃は商売も繁盛して裕福だったらしい。祖父の山本三郎は芸術や学問を好み（山本家所蔵の浮世絵等の美術品が多くある）、漢文を読みふけっていたという。祖父の先妻が子供を残して早くに病死したため、初婚の夫と離別していた祖母の大川内リエが祖父と再婚し、長女として生まれたのが母キワである。その後、徐々に商売も傾き始め、祖父は胃潰瘍で早逝した。

東日本大震災のあった2011年の5月、母方の従妹が集まって山本家の祖先の墓所参りに行くことになり、総勢15人で平戸を訪ねたことがある。平戸にはキリスト教の寺院と仏教のお寺が同じ場所に建立している。その寺院の境内にある海の見える墓地の中央に、山本家の墓所があり、中央の立派なお墓に祖父三郎とその先妻が同じお墓の中で眠っていた。それを見て私はハッとした。

何故、祖母のリエが平戸の山本家で子供3人を育てることをせずに、佐賀の実家に帰ったのか。その疑問が解けたような気がしたのである。

亡夫と先妻が一緒に山本家伝来の墓所の中央に永眠しており、誇り高い祖母は平戸には自分の魂が安らかに眠る場所がない、と思ったのではないか。祖父とその先妻が眠っている立派な墓所の前に立って、私は信仰深かった祖母のその時の心境が判るような気がした。私たち兄妹は、祖母から母へと脈々と流れている「自立」の血のルーツを、初めて知った気がした。

祖母は夫の死亡後、平戸で生活する道を選ばず、自分の生家のある佐賀県に戻り、和裁を教えながら3人の子供を育てる道を選んだのである。母が女学校に進む直前で、3番目の子(叔母)がまだ幼ない時だった。山本家には相当の資産もあり、母は幼少の頃から何不自由のない生活を送ってきたという。しかし、商売が傾き始めていたとはいえ、平戸での生活を捨てて、祖母は自活して子供を育てる道を選んだ。当時思春期に入っていた母は、平戸での生活と祖母の選んだつつましい生活とに大きな落差を感じたに違いない。しかも、祖母は自分の生家である大川内家に依りかからず、自活して女手ひとつで3人の子を教育した。

大川内家は代々優秀な家系で祖母を含めてそれぞれに立派な教育を受けており、祖母の弟の大川内伝七は海軍中将となり、戦時中は上海海軍特別戦隊の司令官として、第2次上海事変での勝利で功名をあげ、カルタになったほどだという。海軍兵学校の校長や南西方面艦隊司令長官なども務めている。しかし、祖母はその生家に依存せず、未亡人として自ら働いてつつましく生きる道を選んだ。

母はそうした祖母の生き方を見て育ったために、「敗戦」という大きな社会変動の中で、他人に依存せず、自ら汗水たらして生きる道、厳しい農業に従事する道を選んだのかもしれない。少女時代の大きな生活の変動と、軍国主義の時代の特権的生活から「敗戦」・「引揚げ」という大きな2つの社会変動を受けて、母は祖母と同じような道を自ら選んだのである。

鹿児島に渡ってからの生活は、男尊女卑の強い土地柄であり、母にとって苦労の多い生活だったに違いない。母はいつも遠慮がちにものを言い、人に頭を下げていることの方が多かった。というのに、母から生活の苦労の嘆きや、他人と自分とを比較する言葉を聞いたことはない。

戦前の母はいつも夫を戦地に送り出していた。引き揚げの時には多くの死者を目の当たりにした。しかし家族6人は全員生きのびて日本に帰ってきた。

こうした人の生死を直に見てきた母には、どこか人間の「死」を通して「生」を眺めるような透徹した視線があった。よく縁側に座って1人で静かにお茶を飲み、考え事をしていることがあった。そんな時、母はいつも遠くを見つめるような表情をしていた。そんな母の顔が幼い私はとても好きで、母の思い出は、今も、あの頃の母の表情に繋がっている。

つい最近、「いい顔とは、生に張り付いている死との付き合い方が透けて見える顔のことです」という森崎和江の言葉に出会った（『大人の童話・死の話』弘文堂刊）。この時、咄嗟に、私はあの頃の母の顔を思い出していた。

5. 帰国した父

1954年10月、中国紅十字会の李徳全女史が来日し、中国にいる日本人戦犯の名簿が公表され、父が生きていることが初めて判った。一家中で有線放送に噛り付いて、中国に抑留されている戦犯の名前の読み上げを聞いた。父の名前が発表された時、母は1人で泣いていた。私と正徳兄は抱き合って喜んだ。その時の嬉しさは生涯忘れられない。

さて、ここで、1949年10月1日の中華人民共和国の成立以降、父たち戦犯の生存が発表された1954年10月までの、日中関係の動きを見ていくことにする。

・1949年10月1日、中華人民共和国政府の成立。
・1950年、周総理は、中国紅十字会会長の李徳全女史がモナコで開かれる国際赤十字会の会議に出席するに際し、日本赤十字社の島津忠承社長に進んで接触するよう指示。
・1951年、日本はサンフランシスコ講和条約に調印し、翌年、台湾の国民党政府と「外交関係」を樹立して条約に調印。
・1953年1月、日本赤十字社、日中友好協会、日本平和連絡会（以下「三団体」）は、初めて日本政府の発行したパスポートを持って訪中し、中国政府と日本人居留民の帰国問題を協議。

その時、周恩来総理は、

「侵略戦争を起こし、中国やアジア各国の人民に巨大な災難をもたらしたのは日本軍国主義であり、日本人民もまたその被害者である。1895年から1945年までの50年間、中国は日本軍国主義の侵略に遭った歴史をしっかりと覚えている。もう一方で中日両国の人民の間の2000年にも及ぶ歴史を忘れてはならない」

「中国は昔から往来を続けてきた一衣帯水の隣国の日本に対し、大所高所に立って未来に着眼し、両国関係は最終的には正常化すると信じている」と語る（『人民中国』2015年1月号）。

・1953年3月23日以降、計3万2000人以上の日本人の居留民が数回に分かれて日本に帰国。

・1953年9月、周総理は初めて平和擁護日本委員会の大山郁夫会長と会見。

「日本軍国主義の侵略の罪行は、中国人民や極東の各国人民に巨大な損害をもたらしただけでなく、さらに日本の人民にも空前の災難を蒙らせました。日本の平和を愛する人々は、この歴史的教訓を心に刻み、日本が再び軍国主義化して、対外侵略をすることが無いよう、中日両国人民の根本的利益から出発し、アジアや世界の平和と安定に着眼し、中日関係を適切に処理するということです」と語る。

・1953年、周総理は、中国紅十字会代表団が日本を訪問する際、中国に拘置されている全ての日本人の戦犯の名簿を日本側に渡すよう、李徳全団長に指示。

・1954年10月30日〜11月12日、李徳全女史を団長とする中国紅十字会代表団が最初の大型訪日代表団として日本を友好訪問。中国に抑留されている全ての日本人戦犯の名簿を公表した。

国交のなかった中国から初の要人として来日した李徳全女史は全国各地で熱狂的な歓迎を受けた。日本政府が中国敵視政策をとっている中、在中国日本人3万数千人を帰国させてくれたことへの感謝を込めて、衆参両院での満場一致により、日本赤十字社が社賓として招待したのである。

さらに1956年の夏、中国政府は、戦犯と家族との面会のために家族を中国へ招聘した。母も父との面会のために中国の撫順に行くことになった。

鹿児島の焼けつくような太陽の下で、百姓をしてきた母の顔は真っ黒に日焼けし、中国に着て行く服が一枚も無い状況の中、母は喜び勇んで中国に向かった。

11年ぶりに会った父はとても元気にしており、中国で温かい処遇を受けていた、と帰ってきた母は嬉しそうに語ってくれた。「中国に対しては、お父さんを生かしてくれたことだけでも有り難いのに……」と語る母の言葉には、安堵の気持ちと中国に対する感謝の気持ちが溢れていた。

さらにその後、京都大学4年に在学していた次男の隆も友人たちのカンパで撫順を訪ねた。隆は後日、その時のことを次のように語っている。

撫順戦犯管理所に泊まった私は、12年ぶりに再会した父と夜を明かして語り合った。何年もセメントの房で生活していた父は足を痛め、ヨチヨチ歩きしかできなかった。戦犯管理所は、かつて日本が作ったものだけに堅牢にできていた。父は手の届く高さにある窓を見上げて私に言った。

「死刑を覚悟してから、毎日あそこに米粒を置いていた。雀が朝やってきて啄んでゆく

父が帰国した時の家族写真（1958 年５月舞鶴にて）

のがただひとつの慰めだった」と。

（西日本新聞１９７９年８月８日夕刊「重苦しい旅 日・中で『戦争』を記録して」より）

１９５６年夏、父は中国で裁判を受け、禁固12年の刑期を終えて1年後の１９５７年秋に釈放された。その頃、まだ日本と中国は国交が回復しておらず、父たちはしばらくの間天津のホテルで日本からの迎えの船が来るのを待ち、１９５８年５月、帰国することになった。

その時、私は中学校３年生で、修学旅行に行かないで母と２人で舞鶴まで父を迎えに行った。

私は生まれて以後の15年間、父の顔は仏壇に飾ってある軍服姿の凛々しい写真でしか知らなかった。ところが舞鶴港の桟橋を渡って歩いてきた父は、青い中国の工人服を着た56歳の初老の老人である。

ちょうど初潮を見たばかりの思春期にある私は、初めて会う父に対してどうしても「お父さん！」と呼ぶことができなかった。どう接したらいいのか全く分からない。父の傍らにいるだけで身体も心もぎこちなく硬直した。父は、私の姿を見て「秀子は幼かったから、多分、生きてはいないだろうと思っていた。こんなに元気に大きく育ててくれて、本当にありがとう」としきりに母に礼を言っていた。

舞鶴から鹿児島まで両親と私の3人で汽車を乗り継いで帰った。汽車の中でも私は恥ずかしくて父と言葉を交わせないままだった。鹿児島駅に降り立った時、市来《いちき》に住んでいる父の妹の叔母が迎えに来ていた。その叔母の顔を見るなり、父は大粒の涙を流して人前もはばからずに泣いた。私は非常に不思議な気がした。後で聞くと、父が最後に別れた時の母親つまり祖母と叔母の顔があまりにも似ていたため、思わず自分の母親に会えたような感激が蘇ったという。

私は自分の描いていたイメージとあまりにもかけ離れた目の前の父の存在に当惑し、その後の生活の歯車が軋み始めた。長い間集団生活に染まってきた父の生活スタイルが私にはどうしても馴染めず、母と2人だけの気楽な生活に「異物」が加わったような気がした。また、末娘に対する父親の愛情表現が恥ずかしかったり、鬱陶しく思ったりで、何かと父にそっけなくした。

ギクシャクした感情は、長く別れて暮らしてきた父と母の夫婦の間にも流れていた。母には、夫の居ない13年間、厳しい農業をやりながら子供たちを育ててきた自負があり、その中で培われた自立心がある。軍人時代の時のような柔順な妻ではない。

しかし、鹿児島県で幼少期を過ごし軍国主義の中で生活してきた父には、「男尊女卑」がどこかにこびりついていた。そのために、母に対しては命令的にものを言い、小言が多かった。それが母の感情を苛立たせ、疲れさせた。父と母が険悪な関係になると、私はいつも母に加勢し、父に食ってかかった。その度に父は寂しそうな表情を浮かべた。

こうしたことの繰り返しの中で、その年の夏休み、とうとう、私はストレスから体調を崩し盲腸炎になり、1週間、加世田の病院に入院することになったのである。母がその間、病院に泊まりこんで付き添ってくれ、やっと私は母と2人だけの時間を取り戻すことができ、荒れた心を安堵させることができたのだった。

しかし、今になってみると、あの頃の父の孤独感や寂しさを想像することのできなかった自分が悔やまれ、申し訳ない気持ちで一杯になる。しかも、私の入院中、父は入院費を工面するために隣村の叔母の家に自転車でお金を借りに行き、その帰途、自転車ごと溝に落ちて骨折したのである。元々脚の末梢神経を患っていた父は、しばらくの間、家の中で養生する生活となったが、それでも退院後の娘の世話を細々とやいてくれ、回復を見守ってくれた。

この事件の後、私の心にも少しずつ変化が生まれていった。

私たち3人の生活にも少ずつお互いを思いやる気持ちが生まれていき、私は父の中国での生活にじっくり耳を傾ける余裕を取り戻していった。

父は、ソ連に抑留された後の5年間、シベリアでの労働と寒さのため、脚の末梢神経を患うようになったという。1950年になって突然、約1000人の戦犯が中国の撫順戦犯管理所に移され、そこで7年間を過ごしたこと、1956年7月に太原に収用されていた戦犯を含めた約1100名の中の45名が特別軍事法廷で裁判を受け、父は「禁固12年」の有罪判決を宣告され、翌年の7月に釈放になったこと、しかし、日中間の国交がないため、日本からの迎えの船が来るまで数ヶ月間天津のホテルに滞在して待っていたこと、その間中国政府から生活費の支給を受けつつ、中国全土の旅行や見学もさせてもらったこと等を語ってくれた。

撫順の戦犯管理所での生活は、周恩来総理の強い指導により、考えられない程に人道的で、当時の中国人がコーリャンしか食べられない時代に食事・教養・体育・趣味のあらゆる面で「日本人の生活習慣」に合わせた好待遇を受けたこと、管理所の職員たちはどの人も家族を日本人に殺されたという恨みや悲しみを背負っていたのに、誠実で辛抱強く教育してくれたこと、そうした教育を受ける中で、各々が戦時中に中国で行った悪事を振り返らざるを得なくなったこと、そして裁判を受けなかった者1000名余りは1956年に起訴免除となって釈放され、裁判を受けた45名は、誰もが死刑になって当然のような残虐非道な戦争を指揮した者ばかりだったのに、1人の死刑・無期刑も受けなかったこと等を話してくれた。

父が戦争のことを語る時の表情は苦しそうだった。現実に戦場で指揮した者にしか語れない真に迫るものがあった。しかし、自分がその戦争で何をしたかは語ることがなかった。私も、それをあえて聞こうとしなかった。聞く勇気がなかったのである。

父は「戦争は、人間を獣にし、狂気にする」「戦争だけはどんなことがあってもやってはならない」「中国に対しては、死んでも死にきれないほど済まない気持ちだ」と事あるごとに語っていた。

中国から帰国した戦犯たちは、その後「中国帰還者連絡会（中帰連）」を作り、日中戦争で日本軍が行った残虐な加害の事実を外で語り、文章に綴る活動、反戦平和・日中友好を訴える活動を始めようとしていた。しかし、父はそうした活動にはあまり積極的ではなく、文章に書くことも無かった。

それは、父の性格故だったのかもしれず、あるいは自分が中国の人に対してやったことについて、言葉にならない程強い罪の意識を抱いていたからかもしれない。

父には、中国での生活を綴った「回想記」みたいなものがひとつも無く、戦犯管理所時代の1954年に自筆で書いた「供述書」があるだけである。

しかし、家族にだけは、自分の魂の底から湧き出てくる心情を吐露せずにはいられなかったのだろう。父の悔恨の深さは、ハラワタの底から染み出ているようで、私たち家族の心にも深く沁み入った。

その頃、かつての戦争の責任について、「国の方針でやったもので個人の責任はない」と言う政治家や旧軍人ばかりで、１人も戦争責任を口にする人はいなかった。

こうした中で、私は、軍隊での行為を自らの罪として心底悔いている父の姿をみて、反って、父に対する得も言われぬシンパシーを抱くようになっていったのである。

そのためもあってか、この頃の父の姿とその言葉が、今でも「通奏低音」のように私の心に響き続けている。


父が帰国して初めて迎えた１９５８年の冬、家族としての調和がやっと生まれ始めた頃、父は胃潰瘍の病気が見つかり、その後も次々と余病が発覚して鹿児島大学病院に長期入院することになった。ちょうどその頃、皇太子と美智子様（現在の天皇・皇后陛下）の婚約が発表され、世の中は「ミッチーブーム」に湧き立ち、テニスがかっこいいスポーツになり始めていた。父は、知人のツテで東京での就職の話がチラホラ出始めていた矢先の、長期入院だった。

そのために私は高校受験を目の前にして、どこの高校を受けたらいいのか、なかなか決まらなかった。ちょうど京都の宮津に嫁いだ長姉に年子の３番目の赤ちゃんが生まれることになり、私はそのお手伝いも兼ねて京都府立宮津高校を受験することがやっと決まり、翌年の３月、中学の卒業式にも出ないで、幼友達たちに見送られて京都に向かった。そして、初めて田舎を出て、都会で高校生活を送ることになったのである。１９５９年４月のことである。

6. 東京での生活

1959年の春は、皇太子様と美智子さまのご成婚を見るためにテレビが爆発的に普及し始めた頃だった。かつて憲兵だった父には、公安調査庁や防衛庁等への就職の話もあったようだが、父はきっぱりとそれを断り、幼友たちが東京で経営する出版社に勤めることが決まった。そしてその年の夏、東京都新宿区市ヶ谷の社宅で両親と大学の受験勉強中だった三男が暮らす生活が始まったのである。

そして1年後の1960年の春、私は都立戸山高校の編入試験を受け、無事合格して戸山高校に通学することになった。当時、都立戸山高校は大変な受験校で、田舎者の私など合格できそうもない名門校だった。しかし、父は自分が青春時代を過ごした陸軍戸山学校の隣にあった府立四中、今の戸山高校に、どうしても末娘を通わせたいと思ったという。そのためか、父は私が編入試験を受けている間中、校庭の椅子に座ってずっと待っていてくれた。私が試験の途中に外を眺めると、教室の外の椅子に腰かけている父の山高帽が見えた。合格が決まると、父は本人以上に喜んでくれた。

その頃の父は、家族の生活費と学費を稼ぐために就職した小さな出版社で、執筆の仕事に真面目に取り組んでいた。

父が初めて執筆した本は、冠婚葬祭等の日本の礼儀作法に関する本で、父は何冊もの書物を脇に置いてよく勉強し、図書館に調べに行ったりして、一所懸命執筆に取り組んでいた。昔の軍人教育には「茶の湯」・「いけばな」など日本の作法を教える科目もあったのか、父は軍人になってからも「茶の湯」をたしなんでいたという。それ故か、こうした分野の執筆に熱意を燃やし、一心不乱に励んでいたのだろう。

母はこうした父の姿を見て、「軍人時代のお父さんとはまるで違う」と言って驚いていた。この頃の父は、大都会の東京で家族の生活を支えねばならない責任感と、かつての自分の人生ときっぱり別れを告げる新しい仕事に出会えた喜びから、仕事に邁進していたのかもしれない。

その頃も、父の規則正しい生活ぶりは相変わらずで、決まった時間になると背筋をピンと伸ばしステッキを持って散歩に出かけた。母は、その後ろ姿を見て「姿勢よく歩く姿だけが、お父さんの軍人時代を想わせる」と笑った。

父は、兄たちなど家を離れた家族が一同に集まって食卓を囲むことを何より好み、そういう時の顔は相好を崩して満足そうだった。長い間、家族と離れ離れの収容所の生活の中で、こうした一家団欒の生活に憧れていたからに違いない。私たちは「お父さんのお祭り好き！」と笑いながら、事ある毎に親子は寄り合って食事を共にした。母も非常に喜んで手料理を作り、私はいつも後片付けに追われた。

7. 60年安保闘争

1960年の春、当時の岸内閣は、日米安保条約を改定して日米間の軍事同盟を強化する道を押し進めようとしていた。そのために、大学生や労働者・学者・芸術家・新劇人等あらゆる階層の大反対闘争が湧き起っていた。

岸信介首相は、今の安倍晋三総理の祖父で、安倍総理が最も尊敬している人物だという。岸信介は戦前の「満州国」の高級官僚で、満州事変以後、満州の侵略拡大の青写真を作成した人物である。

日本が傀儡政権として作った「満州国」では、国会というものがなく、行政府が法律を作って施行し都合が悪くなると法改正するというやり方が罷り通っていた。3年余りの期間、岸は「満州国」の行政官として実権を握る産業部次長の職にあり、「産業開発5ヵ年計画」を策定して、占領下の中国で鉱物や資源・食糧等を強制的に徴収し、中国人を強制労働させるための施策を決定して推進した。

さらに日中全面戦争以降は、アヘンを国家で専売する制度を作って、「満州国」の膨張し続けた財政支出と戦費に充当する等の施策を推進した人物である。

日本に帰ってからは、東京裁判で死刑となった東條英機内閣で商工大臣を務めたが、途中で東條に反旗を翻して大臣を辞めたことが東京裁判では有利に作用して、A級戦犯としての重罪を免れたのである。

その後、公職追放が明けると、岸は直ぐに政界入りして総理大臣にまで上り詰め、「日中戦争は聖戦だった」と言い、日本は憲法9条を改訂して再軍備すべきであると主張し続けた。

岸の官僚時代の側近で、同じく大蔵省から「満州国」に渡った星野直樹や古海忠之とは対照的な戦後である。

戦後、星野直樹は東京裁判でA級戦犯として終身刑を宣告され、13年間服役した。一方、古海は戦後ソビエトと中国に抑留されて「禁錮18年」の刑を受け、父と同様、撫順の戦犯管理所で日中戦争の侵略性と自らの戦争犯罪を認めて、1963年に帰国したのである。

撫順の戦犯管理所で父と最も親しかった島村三郎さんは、1959年に釈放されて日本に帰国したが、我が家に遊びに来た際などテレビを見ながら、父といつも「古海さんと岸信介の戦後はあまりにも落差が大きいねぇ」とよく口にしていた。

1960年5月から6月にかけては、日米安保条約反対のデモが、連日、国会周辺を取り囲み、どんどん激しくなっていった。私も転校してまだ2か月も経っていないというのに、6月15日、戸山高校の友人たち約130名と一緒に国会周辺のデモに出かけて行った。

凄い人の波の中で警察がデモ隊に警棒を振い、大量の水を放水する等の弾圧を見て、私は初めて権力の恐ろしさを知った。この安保闘争の中で、大学生の樺美智子さんが死亡した。デモ隊と機動隊の衝突現場での死で、多くの人たちは「国家権力に殺されたのも同然だ」と言った。この事件も非常に衝撃的だった。

デモの影響でアメリカのアイゼンハワー大統領の来日は阻止され、岸総理が襲撃される事件も起こった。

そして1960年7月、岸内閣は退陣して池田勇人内閣が発足し、これ以降、日本は高度経済成長路線を突っ走っていくことになる。

8. 島村三郎さんのこと

市ヶ谷の社宅は便利な場所にあり、色々な人がよく出入りしていた。中国撫順の戦犯管理所時代に父と最も仲良くしていた島村三郎さんも1959年12月に帰国した後、よく我が家に来ていた。

撫順戦犯管理所時代の供述書によると、島村さんは、1908年3月高知県土佐郡の農家に生れ、郷里の小学校を卒業してから生家で農業をしたり、近隣の街のガラス工場で職工をしたりした。その後、苦学して高知県立城北中学校に進み、1928年4月に名門の県立高知高等学校文科甲類に入学している。

そして、1931年4月に京都帝国大学経済学部に入学、1934年3月に卒業してすぐ「満州国」の大同学院に進学し、1935年3月に「満州国」の官僚となり、吉林省・興安西省の県副参事官、興安西省警務庁特務科長兼地方保安局事務官、1941年濱江省の副県長（副知事）、1943年10月中央保安局第二科長、1945年7月警務総局特務処調査課長等「満州国」の特高警察の中堅幹部を歴任し、敗戦を迎えている。

もちろん、当時の私は、こうした島村さんの経歴など知る由もなかった。

島村さんは非常に豪胆かつ磊落な性格で頭の回転が速かった。声の大きい島村さんがわが家に見えると、家中が賑やかになった。父とは違って社交的で、戦地でもきっと有能な指揮官であったであろうことを想わせた。神経の細やかな愛情深いところがあり、よく3人のお嬢さんのことを話してくれた。島村さんには息子さんがいたが、そのたった1人の息子さんが抑留中に交通事故で亡くなったこと、そのことを妻からの手紙で初めて知った時、悲しくて戦犯管理所の片隅で号泣したこと、そして初めて自分が特高警察として中国人を惨殺してきたことの罪深さを知ったこと等をしんみりした口調で語ってくれた。女房が「すまない」と言って泣くので、息子のことは家では禁句なんだ、と寂しそうに語った。

上の2人のお嬢さんは父親のことを覚えていてよく懐いてくれるのに、私より1つ年上のお嬢さんだけが島村さんに素っ気ない態度をとっていると嘆いていた。

その話になると、決まって私はその場から逃げだした。かつての自分を思い出して恥ずかしく思い、一方で「どこの家庭も同じなのか！」と安心したりもした。その後、島村さんの奥様やお嬢さんたちとも仲良くなり、家族ぐるみの交際が続いた。

その頃、島村さんは戦犯管理所時代のことを本に書いて出版したいと原稿を書き始めており、父と管理所時代の記憶を辿り、確認し合っていた。「坪さん」「島さん」と呼び合って、互いに戦犯管理所時代の生活を懐かしがり、そうした会話をよく交わしていた。

我が家に来るときはいつも原稿用紙を持参しており、父とアレコレ話しながら原稿用紙の行間を埋めていた。2人はまるで学生時代の友人のように気の置けない仲良しだった。

島村さんも一緒に囲む食事では、よく戦犯管理所時代のことが話題になった。父は、島村さんのことを、一番管理所の職員を困らせた人物で、周囲の者をたきつけて職員に反抗したり、最後まで頑固に戦争犯罪を認めようとしなかったこと、ところが、ある時を境に人が変わったようになった、と本人を前に笑いながら話した。

本人も「そうだ！　その通り！　俺が一番反抗的で頑固者だった」と高笑いした。

当時の中帰連は、日中友好と反戦平和の活動に精力的に取り組んでおり、島村さんは帰国早々そのリーダー的存在になって、元気よく活動していた。間もなく就職先が決まり、新しい仕事でも頭角を現して多忙になったため、島村さんの本が『中国から帰った戦犯』（日中出版）として出版されたのは、随分後（1975年）になってからのことである。

1960年代に入ると日本全体の都市化が進み、地方から都会への流入人口がどんどん増加し始め、都会のサラリーマンの住宅として郊外にはコンクリートの公団住宅がニョキニョキ建ち始めていた。

島村さんは、帰国後間もなく、急増する公団住宅の管理を行う会社（団地サービス株式会社）に就職が決まった。元来、非常に頭の回転が速く、決断力があって、いかにも「やり手」という感じだったが、見る見るうちに出世して新しい会社の役員となっていった。

そして、１９６２年の春には、父も島村さんに勧められて島村さんの会社に移ることになり、東京晴海にある大きな公団住宅の一角を管理することになったのである。

島村さんは、１９６７年になって中帰連が共産党系（中連）と社会党系（正統）に分裂[※3]すると、１９７４年に「中連」の会長になった。しかし１９７６年、つまり島村さんの本が出版された翌年に「中連」の行事で訪れた長野県で、山菜を採りに立ち寄った山で転落するという不慮の事故に遭い、その怪我がもとで10月９日に亡くなったという。

葬儀で父は友人を代表して追悼文を読んだ。父が残した数少ない文章のひとつである。

２回目に（島村さんに）会ったのは、昭和22年5月ソ連フェルガナの収容所（ラーゲリー）だった。私はこの予期しない再会に驚愕した。というのは、終戦と同時に「保安局はソ連が最も注目しているから、勤務員は皆ソ連の進入前に早く朝鮮経由で避難せよ」との指令が出されており、小集団毎にトラックで避難するのを見ていたから、まさか中央保安局第2科長だった彼とここで会うとは夢にも思わなかったからである。

私の口から真っ先に飛び出した言葉は、「どうして帰らなかったのだ、馬鹿な奴だな」だった。随分痩せ細った口元に小さな笑みを浮かべながら、彼は「至急避難せよとの命令を受け、また直接何回となく誘われたが、私にはどうしても第一線の部下を残したまま、逃げ帰る気になれなかった。捕まったらひどい目にあうことは覚悟の上で、〝私が後を引き受けるから〟と言って、皆を見送った」と言った。私は思わず彼の手を握りしめたまま、一言も出なかった。彼もまた両頰に涙を流していた。

（中国帰還者連絡会『帰ってきた戦犯たちの後半生――中国帰還者連絡会の40年』新風書房、１９９６年）


島村さんが手記を書いていた時のことも、父の追悼文の中に登場する。

彼の上京の目的は、著書『中国から帰った戦犯』の原稿を記憶の生々しい間に書き上げ、なるべく早く出版して、広く新中国を紹介するためだった。私は当時、市ヶ谷の友人のアパートに住んでいたので、早速隣に小部屋を斡旋し、寝食を共にしながら、彼は著作に専念していた。（前出）

「君逝きて胸のいたみや落葉道」
――10月11日君の葬儀に参列して（前出）

父と島村さんは、ソ連や中国での死と向き合う極限状況の中で、互いに支え合いながら生き抜いてきたという固い友情で結ばれていたのだ。

１９８７年に父が死亡して後、私はこの島村さんの『中国から帰った戦犯』という本を初めて手にした。その時の衝撃は今でも忘れられない。

敗戦間近の頃保安局の者は、直ぐに避難せよとの中央からの指令が出たのに、第一線にいる部下が1人残らず避難してから最後に逃げようとした島村さん。あの正義感が強く、他人への愛情の深い島村さんが、特高警察だった時代、こんなにも残酷なやり方で多くの中国人を拷問したり、殺したりしていたのか！　私はしばらくの間、絶句したまま言葉が出なかった。その衝撃は、その後に父の罪業を初めて知った時と劣らない程の衝撃の強さだった。

この本は、島村さん特有の非常に明快な文章で書かれており、自分自身を素材として、将官・佐官クラスの戦犯の「認罪」に至る苦しい過程を、赤裸々に書き綴っている。私にとってこの本は自分の父親の分身のような気のする本でもある。

Ⅱ．日本人戦犯たちの中国撫順での処遇と教育

1．ソ連から中国へ

1945年8月、敗戦と同時にソ連軍に連行された「満州国」の軍人や官吏は60万人とも言われ、シベリアの粗末な収容所ラーゲリーに入れられ、土木工事と森林伐採・炭鉱夫等の労働に使われたが、約1割が寒さと過労のために死亡したという。

しかし、父のシベリアでの詳しい足取りは、ずっと不明のままだった。

ところが、次男隆の孫の堤啓太君（現在高校3年生）の努力でつい最近明らかになった。

啓太君は、中学1年生から3年生までの間、夏休みの自由研究に曽祖父上坪鉄一の生涯を取り上げ、「曽祖父の遺言Ⅰ～Ⅲ」という3冊の分厚い冊子を書いた。その過程で、それ迄不明だった曾祖父のシベリア時代の足取りを知りたいと思い、インターネットで探した結果、厚生労働省に当時の抑留者の個人情報が保管されていることを発見し、厚生省から情報の開示を受けて、

次のとおり、父のシベリアでの足取りが初めて判明したものである。
〈1945年〉
・8月24日、満州・通化駅にて、ソ連軍に連行される。
・9月1日、ヴォロシロフに移送
・12月6日、ウラル・タブサに移動（「タウダ」の誤りか？）
〈1946年〉
・4月21日、第45収容所（カザフ共和国ウスチカメノゴルスク）に移送
・9月20日、第26収容所（ウズベキスタン・アンジジャン）に到着
〈1947年〉
・4月20日、ウズベク共和国フェルガナに移送
・5月14日、第387収容所（ウズベキスタン・フェルガナ）に到着
〈1948年〉
・10月3日、ハバロフスク市の第16収容所へ転出
・11月3日、ハバロフスクに移送（到着か？）
・11月5日、収容所第7支部より21支部に到着
〈1949年〉
・1月31日、収容所第21支部より16支部に到着

・11月17日、第2（収容所または支部）より収容所第20支部に到着（調査票では12月17日）

〈1950年〉

・7月18日、中国へ引渡しのため移送

・7月21日、中国・撫順戦犯管理所に到着

父のソ連での抑留地はカザフスタンやウズベキスタンという中央アジアにまで及び、何度も移送が繰り返されていた。父がソ連で初めて収用されたラーゲルは、ヴォロシロフで、現在のウスリースク（ウラジオストクの北にある沿海地方の都市）である。

ウスリースクは、シベリア鉄道と中国からの鉄道が合流する交通の要所であり、父はウラジオストクからウスリースクの収容所に連れて来られ、さらにウスリースクからタウダに移送されている。

1950年7月、父たちがソ連から中国に身柄を引き渡されて撫順の戦犯管理所に到着するまでの状況については、父と同じく撫順の戦犯管理所に収容され、戦前、大連の関東州警察部特別警察課にいた高橋節夫氏の「ある特高警察官の戦後」（2002年6月仙台市での講演録、季刊『中帰連』）の中から要約して紹介する。

1945年8月9日にソ連軍が国境を越えて、どんどん関東州の方へ侵入してきた。そのスピードがすごく早い。国境を越えたというニュースから1週間も経たないうちに関東州に入ってきた。

私は、大連の関東州警察部特別高等警察課という所で働いていたが、8月末のある日、特高課の課長から「重大な用事があるから出て来い」と命令書が届いたので、久しぶりに外に出た。

ところが、皆一網打尽にソ連軍に捕まり、有無を言わさずトラックに乗せられたのである。そして同年11月、ソ連領チタに移送された。チタの冬はとても寒く、軍靴の裏に挿してあった鋲が、歩くと氷にピタピタとくっ付いて、まるでガムでも踏んでいるようになる。「ああ、これは相当寒いな」と思った。

シベリアの山中で森林伐採を経験した。私たちのほかに「白系ロシア人」と呼ばれる、革命派ロシア人と戦って敗れた皇帝側の人たちもいた。その当時の食事は朝晩2回だけで、黒パン300グラムと飯盒の蓋に1杯だけのおかゆ、野菜ばかりで穀物なんて入っていない。1年ほどして山を下り、元日本兵たちと一緒になった。その時初めて「軍事捕虜」という名前を付けられ、食事は1日3回もらえるようになった。

軍事捕虜収容所のことを、ロシア語では「ラーゲル」と言うが、そのようなところを私は7~8か所廻された。私は29歳でソ連に捕まり、妻をもらってからまだ半年も経っていなかった。当時、日本の関東軍の兵隊の数は100万と言われたが、実際のところは60万しかおらず、後は南方で戦死したりしていた。その後シベリアで亡くなった方が約6万人もいた。

1950年3月頃ソ連のハバロフスクに着いた。そこでの元日本兵の人の話から、中華人民共和国の成立を知った。中国に身柄が引き渡されるのではないかという噂もあった。

1950年7月、囚人列車に乗せられ、列車は南下した。その列車は貨車で、両脇に三段ベッドが取り付けられていて、座ることもできなかった。ただ横になってゴロゴロ転がる位の余裕しかない。ハバロフスクから1週間程走って、列車が停車した。そこは、綏芬《すいふん》河《が》という所だった。向こうでは中国の兵隊が待っていて、ソ連兵に1人ひとり点呼された後、中国側に引き渡され、中国の列車に乗せられた。

中国の列車に乗って驚いたのは、それが客車だったということだ。窓には新聞が貼ってあり、外と遮断されていたが、「ああ、中国はいいな」という感情が湧いた。しかし、この先どうなるか分らないということはいつも頭によぎっていた。列車が動き出す前に、軍人と看護婦が入ってきた。そして私たちに「具合の悪い人はいませんか。私たちは医師で薬もあります。具合の悪い人がいたら知らせてください」と言って回るので、「これはソ連とは全く違うなぁ、中国は立派だな」と思った。

次は食糧が配られた。ソ連にいる間はずっと黒いパンしか見たことがなかったのに、白いパン2切れの他にゆで卵が2つ、中国のお漬物、青大根の漬物が出た。また、兵隊が入ってきて「足りない人は言って下さい。まだありますよ」と言うのだ。

次の朝、列車が出発した。綏芬河駅を出発して5日後の早朝撫順に到着した。列車からトラックに移る時は、中国兵が10メートルに1人位の割合で「逃げたら撃つぞ」と言わんばかりに銃剣を構えて立っている。「ああ、もう絶対に生きて日本には帰れない」とその時は私も覚悟した。「撫順戦犯管理所」という看板のかかっている場所でトラックを降り、驚いた。「私は戦犯になっているんだ。いつ俺たちは戦犯になったんだ」と非常に疑問に思った。

戦犯管理所では1人ひとりに服、ズボン、下着、筆記用具、石鹸、タオル等をもらった。ソ連では一度もそんなことはなかった。私たちはその時「中国はやはり温かいな」と感じた。戦犯の中の柏葉さんという人が「俺はここで監獄長をやった。俺はここによく反満抗日分子を入れた」というのでびっくりした。

管理所の食事はどんなものかが私の大きな関心事だったのだが、コーリャンの食事だった。暫くすると白米に替わり、管理所の人が「皆さんの中にはコーリャンで下痢をする人が非常に多いので、小さい時から皆さんが食べ慣れている米のご飯を出します。今、撫順で米のご飯を食べられるのは小さい子供と病院に入っている病人ぐらいです。とても貴重なものですが、特別に皆さんに出します」という。

ソ連ではいつも腹が減っていて、飯を食っても直ぐに腹が減る状態だったが、米のご飯が出てからはバクバクと食べるようになり、容器も洗面器みたいに大きいので2～3杯食べる人もいた。「おかわり」もできた。

ハバロフスクから中国へ連れて来られた人は、全部で969名だった。「満州国」の大臣クラス、次官クラス、「満州国」政府の長、それから憲兵隊が約130名、鉄道警察隊が約30名、将官クラスが約50名、それから兵隊が全部で500名近く、それに我々警察官が34名だった。

この兵隊たちは山東省で戦争をしていた第39師団と第59師団という2つの部隊が中心で、満州が危ないということで、急遽、日本から連れて来られた兵隊だった。

2. 撫順戦犯管理所での処遇と教育

「撫順」に収容された969名の戦犯は、敗戦直後ソ連に抑留された5年間、常に飢餓状態にあった。ところが1950年7月に収容された撫順では、基本的に労働はなく、食事は質量ともに充実し、管理所員が暴行を加えたり、暴言を浴びせたりすることも全くなかった。それは、当時の周恩来総理の強い指導の下での中国共産党政府の方針だった。

1か月後、将官組、佐官組、尉官以下の組(※4)の3つに分けられた。

しかし、戦犯たちは戦争中に中国人捕虜や一般住民に行った虐待・虐殺の報復を受けるのではないかと恐れていたという。1950年の7月は、朝鮮戦争が始まって間もない頃で、中朝国境から遠くない撫順では危険にさらされる可能性があるため、収容後まもない10月下旬、北方のハルビンにある監獄に移動となる。この頃の戦犯たちは、食事の内容や労働が無いことに不満がなかったものの、多くがまだ日本軍国主義時代の価値観を引きずったまま、中国人や共産党政府を蔑視していた。

やがて、朝鮮戦争に「中国人民志願軍」が投入され、米軍が敗北したと知らされた。日本軍でさえ敗れた米軍に北朝鮮と中国が勝てるはずがないと思い込んでいた戦犯たちは、米軍が勝てば自分たちも解放されるという期待を抱いていたために、米軍の敗北を知らされても、最初は全く信じることが出来なかったという。

その後、管理所から各部屋に新聞、雑誌、小説、社会科学の文献等が届けられるようになり、朝鮮戦争の結果にショックを感じていた戦犯たちは、自然に勉強し始めた。過去の戦争について「戦前の日本は帝国主義であったか」等が論じられるようになり、自身がどのような役割を担ったのかを論じ合うようになった。

マルクス主義経済や政治に関する文献に触れることは、皇国史観しか知らなかった下士官・

兵士たちには別の世界観を初めて知る新鮮な機会でもあった。貧しい農民や労働者だった尉官組の兵士たちは、自分たちもまた帝国主義の犠牲者であったという認識を抱くようになり、やがて日本の戦争が侵略に他ならなかったという認識を徐々に持つようになっていった。

戦犯の人格を尊重して接する管理所側の人道的な処遇や、病気になって手厚い看病を受けている仲間たちを見て、戦犯の頑なな心も少しずつ和らいでいった。軍隊にいる頃は上官からビンタ等の「シゴキ」を受け、訓練という名の「殺人」を強要されていたのと対照的に、管理所から「人間」として扱われたことで、かえって戦争を見つめ直すことに繋がったという。

3年ほど経った1954年3月、最高人民検察院東北工作団の数百名余りが管理所に在中し、1人ひとりの取調べが開始された。その際「坦白書《たんぱい》」という、自分が中国に足を踏み入れて以来行ったこと全てを自筆で書き出すことが求められた。当初は、これを書けば死刑は免れないといった打算の中で、「残虐行為といえども命令されて行ったことで、自分には責任はない」という内容が多かったという。

そうしたあり方を根本的に考え直させるきっかけとなったのが、第39師団の中隊長宮崎弘が行った罪業告白である。

宮崎は初年兵の度胸付けのために中国人を銃剣で突き殺させる訓練を指揮し、襲撃した村で老人や子供等一般住民を次々と刺殺し焼き払ったこと、農民を絞殺したり、捕虜の少年兵を刀の試し斬りにしたことを告白したその上で、「いかなる処罰をも受ける覚悟です」と締めくくり、戦犯たちに大きな衝撃を与えた。これ以降、各部屋ごとに討論が広まり、自分たちが行った残虐な行為についての捉え方について議論を深めていったという。

1954年6月頃になると、グループ別の認罪学習も行われ、同じ部隊に所属した者同士、同じような職務を担当してきた者同士が集まり、皆の前でその罪行を発表し、相互批判をする中で自身の罪行認識を深めていった。

この間、検察官は各地で戦犯たちの行った犯罪の調査を続けていた。戦時中日本軍が作成した記録や報告書、「満州国」関係の公文書をはじめ、当時の新聞記事や刊行物の収集、被害者の告訴状や証言を集め、専門家による罪行鑑定等を進めていた。

個人として戦争中に行った罪行の責任を認めることにより、被害者の怒りや絶望といった感情に自らを対峙させ、ようやく「人間」としての感情が呼びさまされる。戦犯の自筆による供述書の作成は、他者の怒りや悲しみに思いを致す人間としての感情を回復させるための、管理所の教育方針の集約点であった。

こうした処遇と教育により、日本人戦犯たちは、人間としての感情や良心・罪の意識に目覚め、人間性を回復していった。

この教育は抗日戦争を勝利に導いた人民解放軍の精神に立脚したものであったことを、19

54年10月、当時の周恩来総理は、初めて北京を訪問した日本の国会議員に対して語っている。

「日本の戦犯たちは、人民解放軍の歴史的な伝統に基づき、寛大な政策がとられております」

(『世界』1954年12月号)

まだ、この当時は、日中国交回復が為されていない時代である。

そして今でも、撫順の戦犯管理所旧址陳列館の入口正面には、「人道・正義・真理・平和」

という大きい文字と共に、次のような文章が掲げられている。

「中国共産党の毛沢東主席また周恩来総理の思いやりある配慮の下、職員全員が日本人戦犯の改造に関する共産党及び国家の政策を真剣に実行し、長期に亘る辛抱強い努力の末、戦犯を罪悪の深い淵から抜け出させた。かつて『鬼』であった人間が、侵略戦争に反対し世界平和を推進する新しい人間へと再生し、ここに世界の戦犯管理の歴史における『撫順の奇跡』を作り出した」

Ⅲ．日本人戦犯たちの「認罪」

1．尉官クラスの「認罪」

金源氏はこの当時、戦犯管理所の管理教育課の一員で、将官級や溥儀らの教育担当者であったが、彼が後に述懐しておられるように、戦犯たちの「認罪」の過程は、戦前の教育や生活、戦地でどのような職務を担っていたかにより、異なっていた。つまり、認罪の過程にも、軍隊における「階級」が色濃く反映されていたのである。

そこでまず、尉官以下のクラスの戦犯たちの認罪から辿ってみることにする。以下は、尉官組に配属された高橋節夫氏の講演録と高橋哲郎氏の文章、金源氏の回想録「奇縁――ある戦犯管理所長の回想より」（季刊『中帰連』）から要約して紹介する。金源氏は後に戦犯管理所の所長となり、戦犯たちに帰国後も非常に慕われていた。

(1) 髙橋節夫氏の回想（「ある特高警察官の戦後」より）

撫順の戦犯管理所では、ソ連でのような強制労働が全くなく、最初はみな故郷や恋人や家庭の話をしていた。段々話すことが無くなってくると、将棋・碁・麻雀等で遊ぶようになった。「我々を遊ばせておいて、果たして中国は何になるんだろう？」という疑問を持ったが、中国の人たちは、ただ「戦争について考えてください」と言うだけだった。

そのうち、何か仕事をさせて欲しいという皆の要望が出された。管理所では何もすることがない。午前中は勉強、勉強といっても碁や将棋で遊んでいるだけで、午後は2時まで昼寝、その後5時まで外へ出て散歩。散歩も誰としてもいいし、集団でしてもかまわない。そんな中で、「今、どういうことが問題になっているか」という話題が出てきた。

そんなことから、私は、人民日報を毎日読むようになった。

その頃、私は夕方になると熱が出て困っていたが、ある時37度3分の微熱が続き、お医者さんの判断で町の炭鉱病院に運ばれ、色々な検査を受けた。管理所に帰ると私はそのまま個室に入れられた。この医者と管理所の医師と看護婦の3人が傍で話をしているのが聞こえた。「この人は開放性結核で他の人と一緒にすることはできない」「これから結核の療養を始めますから」と薬を渡され、そこで初めて自分が結核だと知った。

そのうち、山の中腹にある新立村の結核療養所に移された。私たちのために新しい棟が建てられていた。約20部屋あり、1部屋に2人ずつ入れられた。療養所では、朝晩お医者さんと看護婦さんが来て、診てくれてから薬をくれる。「昔の結核は身体を動かさないで治す方法だったが、今は適度に運動する療養法になりました。皆さんもそのようにしてください」と言われた。

私は「これは大変なことになったな」と思うようになった。「中国の人たちがこんなに心配してやってくれているのに、私は彼らにいったい何をしてきたのか？」という思いが込み上げてきた。

私は、かつて特高警察にいた頃、中国人を10人ほど捕まえて取調べをし、思惑通りにならず、拷問で2人の命を奪ったことがあった。

どのような拷問かというと、木の枠がある場所に仰向けに寝かせ、顔だけが表に出るようにする。そして上から水をどんどん飲ませる。するとお腹が膨れてくる。私は「日本のためだからやらなければ」と思っていたが、見ているのも辛いものだった。巡補はどうしても白状させなければという考えで、私もこれに同意し、拷問して殺してしまった。

このように、中国の人にとっては憎くてたまらない筈の私が、結核療養所でレントゲンを撮ってもらい、医師が介抱してくれる。自分のやったことと、相手のしてくれていることとの矛盾に申し訳ないと感じるようになっていた。

療養所には戦犯管理所の指導員の人が週に一度くらい来て、管理所での話を私たちにしてくれた。ある時、「いつも戦争について皆さんに考えてもらいたいと言ってきましたが、今日はその実際の例を皆さんにお話しします」と言われた。宮崎弘という大尉が行った「認罪・担白」の話だった。

私たちはこれを聞いて、「管理所では大変なことが起きているな」と感じた。しかし、指導員は「管理所で起きていることについて考える必要はありません。あなたたちは病気を治すのが先です」と言って帰ってしまった。

指導員は私たちに何を話しに来たのだろうか。私は、中国に居る間、この疑問が次々と湧いていた。

私には自分が中国人2人の命を拷問で奪ったことについての自責の念がずっと続いていた。そこで私は、書いて出すように言われていた坦白書（供述書）にそれを書いて出そうと思い、30枚位の担白書を書いた。しかし、これを出すことは処刑を望むようなことだと思い直し、出さないまま、半月の間悩んだ。

ある日、管理所に戻されてから、ひとつの事件が起きた。元曹長だった人が庭を散歩していると、1人の看守が突然、「あいつだ！　あいつが俺の姉を強姦した！　この顔を覚えている！」と言って元曹長に殴りかかった。その看守は取り押さえられたが、その後、その曹長は悶々として苦しみ続けた。

自分が強姦したところを見ていた弟がいて、ものすごくショックを受けたのだ。その曹長はどうしたら良いかを仲間に相談したが、我々も判らない。

そこで指導員に相談することを勧めたところ、半月位経ってから曹長がそれを告白すると言い出した。大変なことだな、と私は思った。

戦争に強姦は付きものであり、それ故に彼は平然とそれをやった。

それをどうやって告白するのかな、と私は思った。

100名近くの中国人と我々900名の前で、ある日、彼は告白した。「何月何日の夕方、私は○○の姉を、○○のお母さんのいる前で強姦しました」というものだった。涙を流しながら農作物を強奪したこと、家に火を点けたこと等も話し、最後は泣き崩れていた。

その日、部屋に帰って皆で討論した。曹長の行為に照らして、自分たちのやったことを振り返るものだった。人を殺さなかったか、食糧を奪わなかったか、そういうことを話し合い、同じ隊にいた者同士がそれを評価し合った。

その時、それまで私は処刑されることを恐れていたのが吹っ切れた。

「書いたものを提出しよう。結果がどうなろうとそれでいい」と思い、坦白書を提出した。

それから数日後のある日、私は呼ばれ、検察官に「担白書を見ました。人の名前、日付、場所等違っていることが沢山ありますが、やった事実については違っていません。これでいいでしょう」と言われた。「正直に全てを出しなさい。過少でも、過大でもいけません」とも言われた。

1956年7月、私たちは瀋陽の軍事法廷で裁判を受け、私を含んだ969名が起訴免除となった。

私たちは居ても立ってもいられず、ただ泣いてお詫びをした。

こうして罪の決着を見た。私は、ソ連での寒さや飢え・重労働には耐えられたが、中国の（心の）真髄が身に沁みた。

1956年に釈放され帰国すると、驚いたことに「洗脳された人たちが帰ってきた」と新聞に書かれていた。非常に驚いた。

「洗脳」の意味について勉強しなければならない、と我々はつくづく感じた。私たちが中国でやってきたことを日本人に伝えるのは非常に難しい。しかし、このままではいけないと、「中国帰還者連絡会」を作った。

1975年9月、初代会長の藤田茂氏を団長とする第3次訪中団に私も参加した。撫順戦犯管理所の所長だった金源先生と再会し、話をした。「私は、監視の人に殴られたことも、罵られたこともありませんでした。ご馳走が出たことにも感謝しています。しかし、あれはどういうことだったのでしょうか。今でも分らないままでいます」と正直に聞いた。すると先生は、

「管理所の職員にも日本軍によって大きな災害を受けた人が大勢いました。最初の所長だった孫明齋さんはおじさんを殺されていますし、職員の呉浩然さんはおじいさんや兄弟を殺されています。そういう人たちが集まっていたのです。どうして私たちがあのような態度をとったのかというと、それは中国政府のお蔭です。

周恩来総理は撫順戦犯管理所を開設するに当たってこう言いました。『今度ソ連から来るのは戦犯です。でも、彼らは人間です。人間である以上、その人格を尊重して扱うことが大切です。殴ったり、罵倒したりしてはいけません。病気の人がいれば、治るまで全力を尽くしてみること。食糧についてもよく考えることが必要です。そして1人の逃亡者も出してはいけません。それがあなたたちの任務です』と。私たちはそれを守っただけです」

「『自分の家を日本軍に焼かれ、大事な人も皆日本軍に殺された。とても、日本人の世話はできない。本当は喉に喰らいつきたい気持ちだ』と言って退職願を出した人もいました。私はその人によく考えてくださいと言って、一旦その人を家に帰しました。でも数日する

と、その人は『私の考えは間違っていました。もう一度使ってくださいさい』と言ってきちんと帰って来ましたよ」と私たちの質問に率直に答えてくれた。

軍国主義とは何か、私は考えた。私は大正5年（1916年）生まれで、その頃既に明治維新のころからの軍国主義というものが出来上がっていた。小学校には奉安殿があり、天皇・皇后の写真と教育勅語が納まっていて登校するたびにお辞儀をする。中学校では軍事教練があり、「敵に絶対に負けない」という精神を叩き込まれ、軍人勅論もあった。大和民族の優秀さを示すために、中国人はダメだ、朝鮮人は下等だと、序列をつける考えがいつの間にか出来上っていた。

「中国人の1人や2人殺すのはどうってことはない。どうせチャンコロだ」と大それた考えを持っていた。我々警察官の考えは「皇国の警察官だ」「天皇陛下の警察官だ」というものだった。

これこそ洗脳ではなかったか。

中国の人は私たちに「共産主義を広めろ」等とは一言も言わなかった。「あなた方は、日本に帰って。平和な家庭を営んで下さい」と、それだけだった。（季刊『中帰連』）

(2) 第39師団沢田二郎氏の回想

この高橋節夫氏の講演に出てきた曹長の話を聞いた後、戦犯管理所の「認罪」運動に大きな変化が起きたという。そのことを、尉官組にいた沢田二郎氏は次のように語っている。

曹長の認罪発表は、ひとつの突破口となった。一斉に叫び出すような認罪発表が後を追い、皆の異様な興奮は頂上に上り詰め、ついに管理所全体が鳴動した。

この間に我々はまた、内面的に不思議な体験をした。

認罪者が自らの残虐性を心から曝け出すたびに、その残虐行為の餌食となった中国人の悲鳴と怒号が、我々の前で炸裂した。

被害者の苦しみに対する我々の「感度」は敏感になっており、そのうめき声が、耳元に聞こえてくるようになっていた。そして、その声は今や、地鳴りのように膨らんで大きくなり、耳をつんざくように轟かせた。あまりの凄まじさに、我々は打ちのめされ震えた。それは津波のようにやって来て、我々を何回もさらった。

悲しみの深さは、一度これを知ったら、もう永遠に忘れることの出来ない底知れぬ深淵のような深さを持っていた。

この時から、殺した方の人間と殺された人間の心が深く結びついたのである。我々は、被害者の血まみれの恨みの手で、魂を掴まれてしまった。被害者が味わった地獄の底を見てしまったのである。

しかし不思議なことに、そこに恐怖心も嫌悪感も浮かんでこない。唯、深い共感があるだけだった。我々は被害者に向かって頭を垂れるだけだった。

1200万人の人間を殺戮するということは、こういうことだったのである。

建国2年目の中国、戦争中に殺された人々の阿鼻叫喚は、まだ全国各地に生々しく余韻を残している。これに対し加害者である我々は、冷酷で不感症の姿勢のまま「俺たちは大した罪は犯していない」「何時帰れるのか」などとウソブいていたのである。

この認罪運動の台風が一過した後、そこには、官位も肩書きも全て剥ぎ取られた素の人間、もう日本人でも中国人でもない「人間そのもの」が残されていた。その位置から、初めて振り返って見る昔の自分の姿は、惨酷で哀れなものであった。

一片の召集令状で軍国主義に乗せられ中国を侵略し、時代の狭間に翻弄され流された挙句、たどり着いたこの戦犯管理所。最後に残された唯一の過去の遺産が、中国の農村に襲いかかって犯した「非人道行為」であったとは、歯ぎしりしたいほど悔しいことであった。

ここにいる1000人は、昔、軍隊の強行軍にも、マラリヤにも負けず、シベリアの極寒にも重労働にも耐えてきた、したたかな「生き残り組」であった。だが、この認罪の衝撃には参っていた。これは人間の根本問題であった。

一度あの被害者の深い「悲しみ」がわかったら、その後再びこれを振り捨てて行くことは出来ない。まともに処理しなければ、もう人間の資格から脱落してしまうような問題、「最後の砦」のようなものが此処にはある。

我々は、自分が全く違う人間になったような、不思議な感覚で回りを見回していた。精神と身体中の組織がすっかり生まれ変わったような気がした。これは驚くべき展開であった。

「認罪」ということが、こんなに新しい世界への入口であるとは、誰一人予期しなかったことであった。（季刊『中帰連』）

(3) 第59師団高橋哲郎氏の回想（『帰国後の元戦犯達の歩み』より）

1950年夏、当時シベリアに残された捕虜の中から約1000名が選ばれ、戦犯として新中国に移管されることになった。

私自身、軍歴も浅く、野戦に出たことも戦闘を経験したこともなかったので、厳しい強制労働や乏しい給養、そして極寒の辛さに苦しめられたシベリアに比べれば、まるで地獄から天国に来た感じさえした。

私たちに対する取扱いは、こちらが戸惑うほどに行き届いたものであったが、「軍事捕虜から戦犯へ」——この身分規定と生活環境の変化は、私たちに混乱や疑惑、恐怖感、虚脱感をもたらした。

私たちが自堕落な生活から、中国側の誠実な対応と懇切な指導により、ようやく自らの過去に向き合い、何等かの反省を考える学習を始めるようになっていったのは、1951年の春頃からである。当初、私たちは虚勢を張り、疑心暗鬼を傲慢さでごまかしながら、管理所に無理難題を吹っ掛け、かつての支配者然とした態度をとっていた。

しかし、管理所側の職員は、私たちのその時その時の状況を的確に見極め、疑問や悩み、健康上の問題等、あらゆることに真心から対応してくれ、極めて迅速に、具体的に解決策を講じてくれた。特に、日本語の堪能な教育指導担当者として私たちに接した3人、金源氏、呉浩然氏、崔仁傑氏のことは忘れられない。3人とも若い八路軍の青年将校たちだった。

金源先生（故人）は厳しく謹厳実直である反面、非常に心の温かい人柄であり、呉浩然先生（故人）は真に物柔らかな包容力を持って皆に親しまれた方だった。崔仁傑先生は大変理性的で、理路整然たる説明と、私たちより上手い日本語に、頭の下がる思いのする方であった。これらの人々に対する人間的信頼がなかったならば、私たちの自己変革は無かったのではないかと思う。

私たちの仲間の多くは、それまでの人生の中で集中的に本を読むような時間的余裕も、そうした本を理解するのに必要な学力を得る機会も制限されていた。

自分自身の社会観、国家観、天皇観、戦争観、人生観と向き合う機会を、私たちは戦犯となって初めて得たのである。

文字を読めない戦犯には、周囲の仲間がひとつずつ文字を教えていった。難しい哲学を学ぶときには大学出身者が教授役となった。一冊しかない貴重な本を書き写し、輪読し、あらゆる方法を使って自分の血肉にしようと努力した。

戦時中の日本では、権力によって禁じられていた社会科学の本とも私たちの多くはここで初めて接した。まさに「目から鱗が落ちる」ような思いで、貪るように学んだ。

このような理論学習と共に、私たち自身の日本社会での生い立ちや、労働の実状、軍隊生活の矛盾や、天皇への絶対隷属の不条理性等について相互に意見を発表し合い、批判しあいながら、自身の認識を深めていった。

逆説めいたことかもしれないが、私たちは、戦犯となって初めて人間らしい生活を送ることになった。そしてそれは、私たちが被害を与えたはずの中国人民によって用意されたものだった。

私たちは、日中戦争の罪悪性と、その尖兵として犯した自身の罪行を全て告白し、中国人民の前に率直に頭を垂れることに何ら抵抗を感じない心理状態になっていった。

犯罪行為を告白する場合も、「あくまでも事実に基づいて、過少過大を排し、正しく述べるように」と厳しく注意された。

多くの戦犯たちがようやく自らの罪行を認め、精神的にも一種の落ち着きを取り戻した1956年の春、中国政府は、戦犯に革命後の新中国の社会を参観させると言う決定をした。約1000名の戦犯を3組に分け、専用車で約10日間、中国の主要都市を訪れた。

ある日、撫順炭坑の講堂で、私たちは1人の女性の体験談を聞いた。

方素栄という名の、平頂山虐殺事件の生存者だった。

事件は1932年9月16日、撫順市にあった平頂山という町で起こされた。「写真を撮るから」といって町の人々を広場に集めた日本軍は、3000名の人々を一挙に機関銃掃射で虐殺したのである。まだ幼い子供だった方素栄さんは、自分の目の前で、両親、祖父、弟、そして生まれたばかりの赤ちゃんをアッという間に殺されてしまった。彼女は倒れた家族の身体に守られて奇跡的に命を取りとめた。

彼女は、血を吐くような悲痛な声で訴えた。

「どうして何の罪もない弟や赤ちゃんを殺したのですか。私のお祖父さん、両親が、いったい何をしたというのですか。どうしてこんなむごたらしい殺され方をしなければならないんですか」

「私はそれから日本人を見るたびに、飛びかかって噛み殺してやりたい衝動に駆られました。日本帝国主義が降伏した時は、私のお母さんやお祖父さんがやられたのと同じように皆殺しにしてやるんだと泣き叫び、多くの人々を手こずらせました」

「私はもうこれ以上言うことはできません。最後にただひとつはっきり言っておきたいことは、皆さんはもう二度と他国を侵略するようなことだけは絶対にしないでくださいということです」

方素栄さんの話は終わった。私の頭は真っ白になった。

こうして生身の中国人からその体験を聞いたのは初めてだった。中国には2000万人の、いやそれ以上の方素栄さんが、過去の痛みをじっと我慢して、私たちに向き合っているのだということを、ようやく感情的にも理解できるようになった。


1956年夏の軍事裁判の始まる直前、周恩来総理の指示により「日本人戦犯の処理については、1人の死刑もあってはならず、また1人の無期徒刑も出してはならない。有期徒刑もできるだけ少数にすべきである。普通の罪の者は不起訴である」との決定がなされ、特に罪の重い45名以外の者は全員起訴免除となって即日釈放され、無事日本に帰国した。


中国は私たちの罪行の裏付け調査のために数年をかけた。住民からの告白を含めて、その資料は貨車2台分にもなったという。

一方、連合国のBC級戦犯裁判では、数日間の杜撰な取調べのみで死刑という判決が下された例も多々あったと聞く。この一事だけをもってしても、私たちは新中国によって一命を助けられたのだと肝に銘じている（岩波新書『中国侵略の証言者たち』２０１０年4月）。

(4)金源所長の回想録（「奇縁——ある戦犯管理所長の回想録」より）

撫順戦犯管理所に収容された日本人戦犯の中で、将官クラスが31名、その他の将校クラスが２１０名、外の７００余名は尉官以下であった。

尉官以下の戦犯には詰問を行わず、自覚的に自分の犯した犯行を告白させる方針だった。しかし、これは厳しい苦痛の過程である。

尉官以下の戦犯は、中国政府の政策を理解する過程、罪を認める過程で、管理所の職員との人間的な愛情を深めていき、彼らが抱いていた共産党に対する認識や偏見は間違っていると気付き、「人間的な感情を持たないのはむしろ彼ら自身である」と認識するようになった。

私たちも戦犯を教育し改造する過程で、個人的な狭い考えを捨て、多くの新しい理論と知識を学び、本当の革命的人道主義の意味を理解するようになっていった。中国人としては、中国の土地で無数の中国人を殺害した彼らに対して、何度切り刻んでも心の恨みは晴れるものではない。しかし、日本戦犯の大多数もやはり戦争による被害者なのだ。彼らにも天真爛漫の少年時代があり、戦争中でも故郷を思い、父母や兄弟を思っていただろう。戦争で失ってしまった人間性を取り戻す仕事には深い意味と創造的な意義がある。

このように考えた管理所の職員と戦犯たちの関係は、時間が経つにつれ変化が生じ、歴史的な偏見が取り去られ、管理する側と管理される側の境界がなくなっていった。

管理所の職員はいつの間にか彼らの苦しみを心から理解してくれる誠実な友人となったのだ。管理所の高い壁の中で、管理所の職員と戦犯が膝を突き合わせて心の中を話し合う光景が頻繁に見られた。何でも包み隠さずに話し合われる人情味あふれる談話は、尉官以下の戦犯が心から罪を認めた表れであり、管理所はもう監獄ではなかった。

彼らは管理所を古今東西かつてなかった特別な学校、彼らの温かい家庭だと考え、自主的に管理所内部の草取りをし、花壇を整え、花に肥料をやり、水を注いだ。

私たちはこのような戦犯たちをみて、彼らに対して自白や反省を要求せず、好きな読書や自由な活動をさせ、彼らが自主的に自白して反省するよう努力した。自分から自白することができて、初めて人は誠実に変わり得る。

尉官以下の戦犯の中には、かなりの文化人や芸術家もいた。詩や小説を書き、歌を歌い、筆をとって回想録や自伝を書いた。これらの活動を円滑に進めるため、管理所側は戦犯たちの参加する各種の活動に合わせて、戦犯たちの獄舎を調整した。管理所は、歌う者、朗読する者、芝居・踊り・絵を書く者と、まるで倶楽部のようになった。子供時代に帰ったように天真爛漫に倶楽部活動に興じた。
人々の思想意識は啓蒙の段階を経て「量」に変化を来し、「質」も飛躍的に変化した。これ以降、私たちの仕事は高級戦犯の改造に重点を置くようになり、尉官以下の戦犯の教育改造は、主として戦犯自身が学習委員会を組織して責任を持って実施するようになったのである。

以下、金源氏の回想録に出てくる戦犯たちの文章の中から2つの文章を紹介する。

――「太行の麓をしのんで」元117師団野戦病院 軍医中尉 野田 実
……私は注射器を持ち直し、肘を下腹にあてて全身の力をこめて円筒子《えんとうし》を押した。グッグッグッと円筒子が動き出して、注射器の半分ほど空気が入ったころ、左胸の心臓に相当する部位で、不気味なグルグルという音が聞こえた。そのとたん、中国人の下顎が静かに動きだし……ただ聞こえてくるものは、人間の臨終の際、心臓が止まった直後に聴取される、あの特有な不気味なサァーという雑音だけであった。……11年を経過した今日、いまもなお私の耳底に、ありありと残っている。
いま、私の目の前には、太行の山、河南の沃野に連なるあの麓の美しい遠景が浮かんできます。そしてそこでは、平和を熱愛する中国の人々が、社会主義の建設のために闘っている幸福な姿が浮かんできます。しかしその大地の底に、私のため生命を奪われ、万斛《ばんこく》の恨みを飲んで死んでいった、幾多の人が埋まっていることを思うとき、私は胸が張り裂けんばかりの思いがします。

このあまりにもにがにがしい、苦しい、自己の体験の中から、私は、人間の良心と医者としての使命を呼び覚まし、こうして生かして下さっている中国人民に、今しみじみと心からの感謝を捧げます。

――「小さいこけし」元59師団111大隊 中尉 田村真直

（一）

私の手のひらには小さな「こけし」が乗っている

それは13年前

私が日本軍隊の軍服をまとい

全山東を荒れ狂って

平和を希う人々に

血にぬれた刃をふりかざし

あらん限りの残忍さで

殺戮を行っていた侵略軍の将校だった！

（二）

その、とある一軒
新しい春聯の門をくぐると
家中
とりどりの色紙で作った「喜」の大文字や
くす玉とつがいのおし鳥の切り抜きで
一ぱい飾りがこらしてあった
静かな、平和な部落！

「掃蕩開始！」
私のどなり声が
悪魔の吐き出す息のようにまわりに伝わる
着剣した兵隊は獲物を競う狼のように
うなり声をあげた
突然！
　何処からか駆け出した老婆が

私の前にたちはだかって
両手をわなわなふるわせながら
限りなき憎しみの涙の中から
けだものに対する人間の抗議！

人を見て逆上する狼のように
私の血はカッとわきあがり
老婆のこめかみにピッタリあてがって
「往生しろ！」と銃をぶっ放す

私はそれを流し眼に
兵隊の方に向かって
「火を点けろ！」と命令した
紅蓮の炎は天に伸び
銃声！　銃声！
　平和な白泉村は
今は一瞬にしてこの世の生き地獄！

（三）

しかし！　鬼奴らが
如何に残忍な殺戮をしても
燃え上がる人民の意思をくじくことは出来なかった
村々を焦がし　町々を焼き払っても
人民の熱血を焼き尽くすことはできなかった
嵐の如きこの巨大な中華民族の魂に
日本の鬼どもは一挙に打ち倒されてしまったのだ！

中国の大地に朝日がさし、
黒龍江の果てからチョモランマの峰まで
くまなく照りだされた時！
天空には五彩の雲が映え
七色の虹は首都北京の空にまたがり
天安門上に白鳩が飛ぶ！――

（季刊『中帰連』）

2. 佐官・将官クラスの戦犯たちの反抗と「認罪」

(1) 金源所長の回想録より

撫順戦犯管理所の五所・六所（部屋の番号）という2つの監房に収容されたのは佐官クラスと将官クラスの戦犯で、彼らの態度には尉官以下の戦犯とは明らかな違いがあった。将官クラスの者は当初、まず自白を頑固に拒否した。自白してもその自白は大ざっぱで、責任は全て上官に押し付け、ある戦犯等は自分の罪業を合法化さえした。典型的だったのは、まず「満州国」の最高権力者で国務院総務長官の武部六蔵である。

偽満州国の政策・法令・措置の全ては「火曜会」によって制定されたが、武部六蔵はこの「火曜会」を主宰して偽満州国の政治、経済、文化の大権を握り、実行した。

彼は、「治安維持法」、「時局特別刑事法」等の強制的な法令を策定して、容赦なく東北の人民を鎮圧し、さらに「産業開発5年計画」を策定して農民の土地を強制的に掠奪し、日本から数十万の「開拓団」を移住させ、肥沃な中国の土地を占拠した。土地を失った多くの農民は、ついには鉄鉱山、炭鉱等の労働者とならざるを得なかった。

特に「太平洋戦争」の発動後は、反日闘争を鎮圧するために何回も「治安粛清」を実施して中国の一般住民を殺害し、無数の村落を焼き払い、いわゆる「集団部落(※5)」を設立した。また、「戦時農産物増産対策」を制定して各地に「検問所」を設け、秋の収穫期には農村の1戸1戸を捜索して農民の食糧を掠奪し、次年の種籾まで奪っていったのである。

武部六蔵は、「自分は自白してもしなくても、結局は死刑になる」と考え、当初から訊問を一切拒否したのである。

次に、39師団師団長の佐々真之助中将の場合、まず1日目の訊問で、「戦争とは必ず交戦国双方に死傷者が出る。君たちが私たちの殺傷を罪と言うのなら、君たちが殺したことも罪とすべきだ」と抗弁した。

佐々は、1945年3月、嚢陽城王家営村で、農民を見たら直ぐ捕まえるよう指示して、18名の農民を有無を言わせずに捉えたが、この農民たちの手のひらに針金を通して動けなくし、新兵の刺突訓練に使った。新兵たちは胆が小さく、農民たちを何回も刺したので、農民は逃れようともがき苦しみ、1時間後に全身血だらけになって死んだ。

また彼は、部下たちに自由に強姦することを許したので、被害に遭った中国女性の数は数えきれない。獣のような日本軍の将兵は、少女であろうと妊婦であろうと、捕まえれば犯さずにはおかなかったし、犯した後は必ず彼女たちを殺害した。

佐官・将官組の彼らは、陸軍幼年学校から陸軍士官学校へと系統的な教育と訓練を経て軍国主義者となった者が多かったので、全く頑固で自己正当化する者が多く見られた。

そこでまず、私たちは最も頑固で凶悪な元第59師団第54旅団旅団長の長島勤に彼の部下の前で自白させることにした。

長島勤が自分の部下の前で「私は公務に忠実・無私であり、諸君に対していつも一般の住民を傷つけたり、財産を掠奪したりしてはならないと言っていた」と言うと、2〜3の部下が「訓話はいらない！」。「どのように掃討作戦を指揮したのか」と詰問した。

長島勤は、1938年から蘇州地区の特務機関長で出世が早く、1942年に少尉に抜擢されてから、多くの地域で掃討作戦を実施し、住民を殺害し、村ごと放火して沢山の「無人区」(※6)を作り上げた。

「長島は劉白楊村を包囲して、放火し村全体を灰燼にした後、避難していた32名の農民を銃剣でつき殺して腹部を切り開いた。また、長島は新兵の肝試しと称して抗日連軍の戦士を一か所に縛り、新兵の刺殺訓練の標的にした」と部下たちは、長島が旅団長を務めた54旅団の罪業を暴露した。

しかし、長島勤は罪を認めようとせず、「もしそのことで私に罪があるとしたら、それは私が部下を信じ過ぎたことだ」と抗弁した。それを聞いたかつての部下たちは、「お前は、戦功を表彰された時、全てを自分の功績にした。今になってその責任を部下に転嫁するとは、戦争の悪魔と言わずに何と呼ぶべきか」と憤り、長島勤の罪業を更に強く暴露した。

こうした経過の中で佐官・将官クラスの戦犯たちもかつての部下の前で少しずつ自分の罪を自白するようになった。

そんな中で偽満州国国務院総務庁次長の古海忠之の自白は圧巻であった。古海の戦時中の罪業は次のとおりである。

１９４１年、古海は産業統制法・鉱産統制法・産業組合法・金属回収法等の法令を制定して、壊滅的な経済略奪を実施し、数千万の東北人民を飢餓線上に追いやった。古海は、軍費の緊迫問題を解決するためにアヘン増産計画を制定し、自ら上海、南京に出向いてアヘンを販売した。さらに「国民勤労奉公制」を実施して東北人民に苦役に服することを要求した。

１９４３年、東北人民の抗日闘争を鎮圧するために、保安矯正法と思想矯正法を公布し、失業、流浪している中国青年を逮捕して東北各地の「強制輔導院」に送り、腐ったようなトウモロコシの粉のパンを支給して、毎日12時間鉱山の坑道での重労働を強いた。このため、鉱山では毎日多くの労働者が労働に耐えきれずに死亡し、万人坑に捨てられたのである。

古海忠之は、高級戦犯の中では比較的態度が誠実で自分の罪業を部分的に認めていた。この時古海は何ら躊躇することなく、淡々と自分の罪業を自白し始めた。

詳細に自分の罪業を列挙した後、彼は跪いて涙を流し、「私は到底許されるはずのない罪悪を犯しました。私は中国政府に対して私を極刑に処するように要求します。私の罪業は千死万死でも償うことはできません！」と述べ、膝を折ったまま起きようとはしなかった。古海の自白が突破口となり、高級戦犯たちの堅い思想の砦は大きな衝撃を受けた。4年もの間、五所・六所の高級戦犯たちは口を閉ざして過去を一切話さなかったが、これ以後、自分の罪業を少しずつ話すようになり、結局、高級戦犯の自白活動には1年の時間を要した。

その間、中国政府の命により、戦犯たちの罪業を調査し確認する仕事のために、数百人が全国各地で証拠を集め、数十万もの文献を査閲し、数万人の証人の確認をとる活動をしていたのである。（季刊『中帰連』）

(2) 特高警察島村三郎の「認罪」（『中国から帰った戦犯』より）

〈朝鮮戦争の頃〉

1950年、11月の末、私たちは突然金源少佐から、「君たちはこれから直ちに、ハルピンに向かって出発する」と伝えられた。

「朝鮮の方に何かが起こっているに違いない。おそらく米軍が中国の国境近くに迫ってきたのだろう。こうなれば中国の参戦も必至だ」

私たちは米軍による救出を、「可能性大あり」と話し合っていた。その日の午後3時、撫順を出発した汽車は一気にハルピンに向かって走り、翌日の夕方、ハルピン駅を通り越して松花江岸の引き込み線に入って停まった。私たちは数台のバスに乗せられ、高い煉瓦塀の中に入って行った。薄暗い電燈の灯った階段をひとつ登って、3メートル四方の小さな部屋に連れ込まれた時、私は、

「松花江岸……もしかしたら」

不吉な予感にも似た恐怖が走った。

この建物こそまぎれもなく、私が勤めていた秘密機関保安局が、ハルピンに作った秘密収容所だったのである。保安局という諜報秘密警察は、ボーイにいたるまで日本人を使い、全満州各省に作ってあった。私たちはそれに「三島科学研究所」（三江省）とか、「満豪資源開発公司」（竜江省）とかいった、いい加減な偽装看板を掛けてごまかしていたが、この建物には、「第二松花塾」という名をつけてあったはずである。濱江省地方保安局では、国民党の地下組織を発見しては、大弾圧を行い、1人ひとりに酷い拷問を加えて取り調べた。椅子に座らせて電気を通して苦しめたり、水を飲ませたり、真っ赤に焼いた鉄棒で身体を突っついたり、裸の上に洋紙で作った着物を着せ、それに火を点けて絶叫させたり、およそ人間の知恵で考えられるありとあらゆる残酷な方法で拷問し、彼らの組織の全容と活動内容を知ろうとした。間違えて逮捕した無実の者であろうと、私たちは組織の秘密を守る

ために、1人残らず収容所の中で殺していた。私はこうした拷問と虐殺を指揮する中央保安局の幹部の1人だった。しかも今その私が、その殺人窟に入れられているのである。絶望と死の恐怖が私を襲った。急に足が硬直して歩みが止まった。

「今に殺される。この私が……」

その後私は、ここがどんな部屋であるのかについては、誰にも話さなかった。

誰が始めたのか、私たちは、1日2時間の獄庭散歩のときに、屑箱から新聞の切れ端を拾って来るようになった。ある日私は運よく、少しも汚れていない新聞紙（松江日報）を1枚手に入れた。だが私はそれを1分と読まないうちに、真っ青になってしまったのである。第一面のトップに「肇州城外の白雪を朱に染めた三肇惨案（※7）」という見出しが一号活字で大きく浮かび上がっていたからである。私は文中に「島村副県長」という活字がありはせぬかと喰い入るように読み入った。新聞には私が肇州県に赴任して3か月後に、30名近くの共産党員を城外の雪の中で銃殺した事件が書いてあった。張氏という被害者の妻が書いたものであった。昭和16年11月末といえば、大東亜戦争開始の直前である。中国本土に大軍を入れた日本軍は、広大な地域で人民軍の抵抗に遭い、ただ点（都会）と線（鉄道）を占領しているだけで、ニッチもサッチもいかなくなっている時だった。

徐沢民支隊長は肇州県豊楽町の商務会長をしていた頃から日本の満州侵略に反対してい

たが、昭和15年10月の末、「日本帝国主義打倒」の兵を挙げ、三肇地区を中心にゲリラ活動を行い、私が入城したその日に逮捕された。私が着任した時は既に、県の留置場も法院も監獄もみんないっぱいになり、不眠不休の取調べが進行しており、この文章を書いた張銘夫人もその時捉えられていた。

「庭では夫が仰向けに梯子に縛りつけられ、水を飲まされていたが、水は逃げる口を追って間断なく注がれ、見る見るうちに胃が大きく膨れ上がり、やがて夫は気絶してしまった。両手で顔を覆っている私の手を、1人の鬼が荒々しくもぎほどいて、〝どうだ！　言わなきゃお前もああするぞっ！〟〝白状しなけりゃあ可愛い亭主にまた水を飲ませるぞ〟と鬼が叫んだ。ハッと思った私が夫の顔を見た時だった。『言うなっ！　口が裂けても言うんでないぞっ！』夫が怒鳴った。『言っても殺される。言わんでも殺されるんだ』『1人でも多くの同士を守るんだっ！』鬼どもは益々狂人のようになって夫を殴り、その靴の下で夫は再び気絶した。零下20℃の外気の中で、こんなことが毎日毎日続いた」

張銘夫人はこのようにその時の様子を書いていた。

私は赴任して2か月しか経たないうちに、徐沢民の他30名近くの死刑執行に立ち会わなければならなかった。刑場といっても丘の麓に長い穴が掘られている。間もなくトラック3台に分乗した烈士が到着し、次々と穴の手前に立たされた。彼らが並び終わる頃、同数の銃を持った警察官が、10メートル手前に並んだ。

「撃てぇ！」

と私は続けざまに号令した。耳をつんざく銃声が、30名近くの烈士を棒倒しに穴の中に突き落とし、死体にガソリンをかけ火が点けられた。点けた火がパッと穴を走ったと思った瞬間、真中辺りから火だるまになった男が魔王のように「うっあっ！」叫び声をあげながら、私たちに向かって駈け出してきて、私たちの手前3メートルで倒れ、2、3転して動かなくなった。張銘夫人はこれらのことをつぶさに書いた後に、「これらの鬼どもを徹底的に暴き出さなければならない」と結んでいた。

私は、この張銘夫人の記事を読んで震え上がってしまったのである。「島村三郎」の名前はないかと目を皿のように探したが、その名前は見られず、ホッと安堵した。しかし、こうした記事を毎日見ているうちに、最初は秘密収容所の落書きや、三肇惨案の記事に肝を潰した私も、それらの出来事が、なんだか他人事のように思えてくるのだった。

ある日曜日の朝のことだった。私は「自由の空に寄す南溟の、永久《とわ》なる波の響き」と母校（旧制高知高校）の校歌をがなっていた。通りかかった若い歩哨が「おいっ！ 朝っぱらからなんだ。みんな学習しているじゃあないか」と注意した。「今日は日曜じゃないか。歌を歌って何が悪いんだ」と私は食って掛かった。囚人から逆捻じをくった歩哨はだんだん激昂してくる。私が「何言ってやがんだっ！ このオタンコナス奴っ！」と日本語で怒鳴り、さっさと隅の便所に入って尻をまくってやり始めた。

翌日の10時頃、私は金源少佐に呼び出された。「そこにかけなさい」、少佐は黙ってポケットからシガレットを取り出し、1本を私に勧めてから、

「身体の調子はどうですか？　あなたは僕に、何か要求を持っているのではないですか？」と声をかけた。

その声は柔らかで、顔には笑いさえ浮かんでいる。私はやや安心した。

「あります。早く国に帰してください」

「それだけですか？」

「家族が生活に困っていると思いますので……」

とお茶を濁した。少佐は再び、

「人間誰しも家族との団欒を願わない者は有りません。あなたは今のような思想状態で、本当に家族を幸福にすることが出来ると思っているんですか」

私はただ黙って俯いた。

「他人の労働を搾取し、多民族を圧迫する侵略戦争を引き起こして国民を戦場に狩り出すような生活によってあなたの家族は幸福になれましたか。結局のところどうなったのですか。あなたたちが戦争をやったがために、親を失い、子を失い、夫を失って困っている家族は日本中にいっぱいおります」

「誰が監獄に入れられるようなことをしたんですか。私たちはあなたを、あなたの国に行って捕まえてきたんではないですよ」

私が頑固に押し黙っていると、

「結局、あなたの現在の不幸はあなたが招いたのです。侵略という正しくないことをしたからです。こうなったのはあなたたち、そしてあなたの国が、正しくないことをしたからではないですか」

私はとうとう最後の切り札を出さねばならなくなった。

「その侵略戦争は国家が発動してやったのです。私はただ一介の小役人として国家の命令に服したに過ぎません。責任は国家が負うべきで、私のような小役人が負うべきではないと思います。戦争の責任が私にあるだなんて言ったら、それこそ万人の物笑いになるだけです」と言った。

金源少佐はやはり態度を変えず、

「国家はどこにあると思っているんですか。まさか空中にあるとは言わないでしょう。国家はその国の国家権力を構成している人々を抜きにしては、どこにも存在しておりません。あなたは国家権力の構成分子の1人だったはずです。あなたは自己の職分に応じて国家権力を執行し、中国人民を圧迫し、こき使い殺害し、その結果あなた自身、そしてあなたの家族、日本の多くの人々を不幸にしてしまったのです。あなたは自ら犯した経験から真面目に学ばなければなりません」と言った。
私は内心で、「もっともなお話には違いないが、そんなことくらいとうの昔から知っている」と思い続けていた。

〈集団反抗〉

1951年の暮れになると、100名近い佐官組の中で比較的温厚な者50名位が、A・B2つの組に編成され、民主主義の特別教育を受け始めた。そして1953年10月、私たちはまた「撫順に帰るからすぐ準備しなさい」と突然の命令を受けた。

ハルピンから撫順に帰ると、前と同じように一室に13人ずつ入った。反動組が入口に近い4部屋、進歩組（A・Bの2組）がその奥の4部屋に入った。進歩組は毎日熱心に学習しており、時折討論もやっていた。私たち反動組にとって、だんだんこれが耳障りになってきたのである。

「当然我々は進んで裁判を受け、断罪されるべきである」

「俺はこの手で中国人民を殺害した。だのに中国人民はこの鬼の俺に、真人間になれと諭した」

とかいう金切声が、しょっちゅう麻雀の牌を切る反動組の部屋に響いてくる。

「こらっ！　静かにせんか！」

「いい歳しやがって何んてざまだ！」

と、怒鳴り返すことも一度や二度ではなかった。

そんな中で「将官たちは一体何をしているんだ。戦争の重大責任者で、部下を沢山連れて浮虜になったというのに、一日も早く兵隊たちを帰国させてやるために、何等かの手を打つべきではないのか？」という声が出てきた。そして、

「将官たちがやらないのなら、俺たちでやろうじゃあないか」

という話になり、こんな話が大分広がったある日の運動時間に、私は隣室の中本広三郎さん（元関東州検事）から、

「島村君はどう思うかね？」と話しかけられた。

「やったって何にもならんでしょう」

と答えた。

「何を出したって何にもなりませんよ。何にもならんのなら、後世の史家に問うつもりで、抗議文を出したらどうですか」

と言ってしまった。

「じゃあ島村さん！　1つ起草してくれませんか」

私はとうとう引き受けさせられ、「貴国の我々に対する不当な抑留に対し、厳重に抗議する」という書き出しで始まり、

「日本降伏後7年余になるのに、未だに抑留して帰国させないとは何事だ。一兵卒として狩り出された若者にまで責任を問うという貴国の態度は、国際法に照らしても違法な行為である」

と書き、最後に、

「我々を直ちに釈放し、事実上の戦争終結を要求する」

と結んだ。自筆の連名とし、指判を押して提出した。

このことがあってから、私たちの思い上がりはまさに頂点にたっし、ついにその日が来たのである。

反動組の中から三十名近くの者が講堂に呼び出されたのである。

私は、ついふらふらと手を上げて、

「中国はどういう理由で長期間抑留しているのでしょうか。一体中国は私たちをどうしようというのでしょうか？　中国が我々に対し、足許に跪いて靴を舐めろというのでしたら、私も日本男児、そのような屈辱には死を賭して対抗するでありましょう」と言い、語調を張り上げ大見得を切ったのである。

これがひとつの口火になり、横山光彦元ハルピン高等法院次長、田中魁元関東州検事の両氏が争うように手を上げ、法廷弁論そのままの口調で、「我々に対する長期抑留は国際法上からも違法である」と主張した。

発言者が一応途切れた時、孫中佐（所長）はつかつかと檀上に駆け上がった。顔面は怒りで蒼白となり、唇はぶるぶる震えていた。

「古い陳腐な国際法を持ち出しているが、中国にはあなたたちを裁き、処罰する権利がある」

「君たちの前には明暗2つの道がある。いずれの道を選ぶかは君たちの自由だ。君たちは先日請願文を出した。内容を見ると不都合極まりないものである。よって、所長の権限で没にする」

と言った。翌朝、発言者7名が独房に移された。

〈取調べの開始〉

1か月の独房生活から解放された私は、佐官組の部屋に帰されたが、その部屋は3人しか入れない狭い部屋だった。先着の金子克己さん（満軍憲兵少佐）と遠間公作さん（陸軍歩兵少佐―大隊長）の2人が大きな布団袋を担ぎ込んで待っていた。

反動組に残されていた遠間少佐は、「おいっ、いよいよ取調べが始まるらしいぞ」と言い出した。いやな独房生活からやっと解放されてやれやれと思っていたのに、いよいよ最悪の事態がやってきたかと胸が痛くなった。

ここに放り込まれて10日目頃だった。私は朝早く看守に呼び出された。廊下の入口に出てみると、1台の古ぼけたジープが待っていた。運転台には中年の中国人が乗っていて、ジープは監獄の大きな門を通り抜け、1キロも走ったかと思うと畑の中にある比較的大きな民家の中に入っていった。外に出ると膝ががくがく震えて仕方がなかった。左側の一番奥の部屋に案内された。

「お座りなさい」

そう言われて指差す方を見ると、2年ほど前金源少佐の事務室で座った腰掛けと同じものがひとつ、ぽつんと置いてあった。

「君は何年何月に中国に侵略してきたのかね」28〜29歳位の背の高い色白の検察官が「自分は張儀という者だ」と名乗ってから、最初に言った言葉はこれであった。

「そんなことなら、先日の供述書にちゃんと書いて出してあるはずです」と突っぱねた。するとと検察官はゲラゲラ笑いだした。

「余は今ここに貴国の要請に基づき、在満11年間の余の業績について、書類を以て回答する」という書き出しを読み始めたのである。

「君はもっと誠実にならにゃあいかん。君が中国でやったどんな行為も、みんな侵略行為であり、犯罪行為なんだ。検察官のどんな質問に対しても、素直に答えるべきである」

検察官は、日本の侵略期間中、中国人民がどれほど苦しい生活を強いられたかについて、実例を挙げて説明し始めた。この検察官は、「北支」の出身らしく、引く例は全て日本軍の部落襲撃に伴う殺戮、略奪、放火であり、身寄りを殺された家族の悲しみと苦痛に満ちた生活であった。
「このような重大犯罪を犯した戦犯が、今どのような態度をとるべきかは言をまたないところである。一切を誠実に自白し、真人間に生まれ変わる以外には君の生きる道はないはずだ。分かったね」
検察官は話し終わると念を押した。

「君にひとつ宿題を与えておこう。君は盛んに良いことばかりしたように言うが、その君のやったことは本当に良いことだったのだろうか？　今夜ゆっくり考えてみたまえ」

それから2、3日は誰も呼び出されなかった。私はもう10日以上も呼ばれていない。そんな日の朝早く私たちの部屋の鍵がガチャガチャ鳴りだした。
「895っ！」（島村の囚人番号）
と低い声で呼んだ。今度は大門の傍まで歩かせられ、そこで変なトラックに乗せられた。トラックには4つの部屋に区切られたベニヤ板の小屋があり、中に入ると外から鍵がかけられた。検察官の方が先に来ていて、私が座るのを待ちかねたように、
「どうだ。考えてみたか」

と聞いた。実は何も考えてきてはいなかった。自白でもする気になったら、大変なことになると思ったからである。

「しかしです。私たちは本当に身を挺して東亜民族の大同団結を図り、軍閥の桎梏《しっこく》から人々を解放し、文化の高い平和な国を、このアジアの地にひとつでも多く創りたいと念願していたのです。だから私たちはこの満州の建国に参加したことを心から光栄に感じていたし、建国そのものを聖業と考えていたのです」

と昔から考えていたことをそのまま述べた。

「やはり君は何も反省していない。じゃあ聞くが、そんな立派な目的でやったのに、どうして1200万人もの中国人民を殺害し、500億ドルにも上る人民の財産を略奪したのかね」

「それは私たちの真意を理解しようとしない中国人がいて、人々を煽動して反抗させたからです。日支事変への拡大は、日本の真意でもありませんでした」

「今一度聞くが、隣の家がひどい貧乏暮しをし、喧嘩ばかりしているからといきなり乗り込んでああやれ、こうやれと指図し、一番反抗する長男を殺したり、次女を強姦したり、家財を壊したり、持ち去ったりしている男を見て、君はその男を聖業をやっている男と思うかね」

検察官は私が独房で書いた供述書を取り出した。

「君はこの中に、行く先々で道路を作ってやったと書いているが、君たちは糧穀出荷と称して農民の穀物を盛んに略奪した。そのために作ったのがこの道路じゃあないか。その道路に警備道路という名前をつけ、我々の同志はあの道路を使う日本軍の機動力のおかげで、どれだけ多くの命を失ったことか」

検察官は、もう我慢がならぬというふうに顔を真っ赤にし、立ち上った。

「君は教育を盛んにしたと書き立てているが、日本の支配者に柔順な奴隷を作るための偽瞞教育をしていただけの話じゃあないか。農業や畜産の改良でも同じことだ。改良された馬はみんな軍馬として徴発し、中国人民を殺害するために使っていたじゃあないか。農業の改良も君たちの略奪する糧穀を増やすためにやっただけのことではないか」

と言い、やがて書記官を伴ってそそくさと出て行った。通訳官は小さな声で口早に、

「君は今大変大事な関門に来ている。こんな基礎的な問題が素直に認められないようだったらほんとに前途はないよ」

と注意してくれた。

「俺にはもう泥を吐くか、吐かぬかの選択が残っているだけだ。どっちにしたって命はなさそうだ」

と心の中で自分に話しかけていた。

取調べが始まって3か月が経っていた。中国の各地から100名近い検察官が乗り込んできており、それと同数の書記官、通訳官、事務官もやってきていた。撫順監獄の周囲にある大きな建物はみんな取調室、事務室、宿舎等に充てられていた。

検察官1人当たり10人近くの戦犯が、殆ど同時に取り調べ始めたのである。多くの者は「自白すれば罪が重くなる」「検察官の知っていないことは話すまい」「忘れていることは思い出すまい」としていた。そのような人間を捕まえて、少しの拷問を加えず、自白させるということは並大抵のことではなかったであろう。

もう5月も終わりになっていた。最初にジープに乗せられて青くなってから3か月近く経っている。私は奈曼旗のことで引っかかってしまい、あれから一歩も進んでいないのである。

突然席を立った検察官は、どこからか大きな書類を3冊持ってきた。その中から3枚つづりの書物を取り出し、

「どうだ! この書類に見覚えはないか?」

と私の前に突き出した。そこには青いインキで歴然と『島村三郎』とタイプしてある。私ははっとして息を飲んだ。それは紛れも無く私の功績調書1号だったからである。これには奈曼旗時代に私がやったことは洗いざらい書いてあり、しかも勲章欲しさに針小棒大

にさえ書き立てている書類なのである。

「しまった！　もう駄目だっ！」と思った時頭がボーッとなった。

「君はあまりにも頑固に罪の事実を認めることを恐れている。だから一番まずい方法を取らざるを得なかったのだ」

検察官の落ち着いた声が言った。私はもう言葉が無かった。

私はとうとう「一城落ちた」という敗北感が、生命の恐怖とこんがらがって、胸を締め付けた。

「いったい、どうしてあれが検察官の手に入ったのか。そうだ！　恩償局に違いない。だとすると第2の功績調書（3か年に1回出した書類）も手に入れていることだろう。畜生！　恩償局の奴ら、書類も焼かずに逃げやがって！」

実際、敗戦のあの時、各官庁はいっせいに書類を焼いた。その煙は1週間もその余も、官庁街を閉じ込めて去らなかったほどである。

〈自供〉

私は、もう万事休してしまった。

昭和10年と言えば、東三省（瀋陽、吉林、熱河の三省）の占領を終わった関東軍がその

ソビエト連邦
「満州国」
チチハル
ハルビン
牡丹江
新京(長春)
吉林
モンゴル人民共和国
チャハル省
奉天(瀋陽)
撫順
承徳
日本海
綏遠省
北京
天津
大連
朝鮮
山西省
河北省
太原
華北
山東省
陝西省
江蘇省
河南省
安徽省
南京
上海
四川省
湖北省
華中
武漢
浙江省
重慶
湖南省
江西省
福建省
貴州省
台湾
広東省
広西省
広州
香港
海南島

余勢をかって侵略地域を長城線にまで拡大しようと、熱河省の省長湯玉麟に無理難題を吹きかけ、とうとう熱河戦と呼ぶ侵略行動を行ってから、まだ2年と経っていない頃だった。この県の農民たちは、熱河作戦のあまりにも電撃的な進行により退却するいとまもなく、武器弾薬を砂漠に埋めて四散した湯玉麟軍の銃を掘り出して武装し、至るところで農民軍を編成してゲリラ活動を行っていた。

私が三江省(※8)警務庁特務課長として赴任する時、治安部次長は、

「これからの三江省は特務警察が腕を振るう時期に入っている。しっかりやってくれたまえ」

と言って私をおだてた。

検察官の手に功績調書第2号が入っているものと思い込んでいた私は、記憶する限りのことを次々に自供したが、検察官は「まだ隠している」と言って追及の手を緩めなかった。昭和14年2月（着任して1か月後）依蘭《いらん》県の共産党の地下組織を一網打尽にしたこと、この事件も単なる密偵の聞き込みだけで直ちに検挙し、拷問により泥を吐かせ、それをたぐって芋づる式に次から次へと検挙したことを真っ先に自供した。

次に自供したのは、「満州国」の徹底した秘密警察機関の保安局の三江省地方保安局責任者として、対ソ諜報工作を指揮し、ソ連スパイを検挙して殺害したこと、捕まえたスパ

イの大部分を（多くの場合中国人）「逆用」して、ソ連事情を調査した後ソ連に帰し、再び入国する時新しい情報を持ってこさせたこと、逆用が危険になったり、逆用の価値が無くなった時、現地で勝手に殺害したり、ハルピン郊外の平房にあった七三一部隊に送り細菌戦攻撃の研究用モルモットとして殺害（私は3名送った）してもらい、保安局関係のみで30名近くの人々を殺害したこと、また在任期間中に三江省の佳木斯に「三島化学研究所」という秘密収容所を作ってスパイを殺害し、敗戦の時収用していた十数人を毒殺した上、家に火を放って逃亡したことを自供した。

最後に自供をし始めたのが特捜班の犯罪だった。特捜班とは、討伐隊に随行させ、共産軍の宿泊した部落を徹底的に捜査し、取り調べる任務を持った特務部隊であったが、討伐隊の前進に伴い、捕虜を検察庁に送るのも連れて歩くのも足手まといなため、その場で射殺した者も相当あり、その人数は全く覚えていないと自供した。

検察官は、

「忘れたということ自体が、中国人民を人間と思っていなかった証拠だ。犬か豚を殺すぐらいにしか考えていなかったのだろう」と詰め寄った。

14～15人の旧部下が犯した犯罪を並べて、

「これもお前の命令でやったことだ」

と言われたが、私は、「忘れたことまで思い出す馬鹿がどこにあるか」と思っていた。

〈卑怯者〉

佐官組の相当数の者が、大なり小なり自殺を考えていたにも拘わらず、決行者（いずれも未遂）はわずか2名だけで、多くは躊躇していた。「確かに自分たちは命令を部下に伝達して、数々の殺人行為を行ったが、その責任は国家にも、上司にも、部下にもあるはずだ。当時、背くことのできない絶対的な命令だったから」と考えていた。

私はもう、ハルピンの秘密収容所の存在も、そこで行った残虐な殺人行為も、特捜班がやった行為も、拷問による殺害もみんな自供したが、隠し切れなくなったものだけ自白していた。私は依然として「検察官の知らぬことまで自供する必要はない」と考え続けていたからである。

1941年の6月頃、私は2人の穀物や家財道具を失敬したコソ泥を県城南方の谷間で斬首させていた。被害額は大したものではなかったが、私は「今はこんなコソ泥の調書を作る暇なんかありません」という日系警察官の報告だけで、「じゃあ君の方で適当に始末しなさい」と命じた。

またある日、5人の馬盗がいること聞き、そのうちの4人は一昨日法院（司法機関の総称）の方に送ったとのことだったが、その時私は、無性に頭にきていた。そこで私は、

「その5人、全部引っ張り出してきてくれたまえ」と命じた。

「副県長、送検した者までやったら、あなたの方が殺人罪でやられますよ」

私は「かまわぬ、全員今すぐ準備してくれたまえ！」

ときつい調子で急がせ、

「よしっ、1人ずつ連れてこい」と命じた。

背の高い40がらみの農民が、足枷を葦の切り株にガチャガチャ鳴らせながら、真っ直ぐに私を見つめて歩いてきて、崖の頭に前かがみに座って「さあどうぞ」と言わんばかりに首を伸ばして待った。私は東向きに立って抜刀し、思いっきり刀を首の辺りに叩きつけた。農民の身体は、ちょうどカエルが池の中に飛び込むようにくぼみの中に落ちて行った。「とうとうやった」と思ったとき、窪みの中ではその農民が切り口から真っ赤な血潮を吹き出しながら、うつ伏せにつんのめっていた。

2人目の農民がやってきて、斬り口からドクドク血を吹いている友の死体を、平然と見下ろしているのである。「負けた。全く恐ろしい奴らだ」と弱気になる私の鼻に、あの嫌な生臭い血潮の匂いがプーンと衝いてくる。2人目の農民は前と同じようにグチャッという音を残して、窪みの中に勢いよく飛び込んで行った。

この7人の斬首による殺害だけは、私はどうしても自白できなかった。

この1か月近くは特に苦しかった。生と死のぎりぎりの選択とでもいうべきか、食欲は全く無くなってしまい、2人の少佐と雑談に加わる気力さえなくなっていた。明け方になってやっと、

「この苦しさは自白しない限り続くだろう。こんな苦しい思いをして生きているなんて、俺の人生って一体何だ」

と思い、やっと自殺の決心がついた。

今日は検察官が怖くなかった。検察官が口を開く前に「今まで色々とお手数をおかけして申し訳ありませんでした」と深々と頭を下げ、そして約1時間に亘ってこの7人の斬首による殺害を一気に述べた。

犯罪に対する謝罪はしなかった。「一死を以て責任をとる」と考えていたからである。

だが検察官は、

「うん、今日の君は初めて大きな進歩を示した。今後は深刻に自己の罪を分析し、追求し、罪の本質を認識するように努力しなさい」

と言って帰してくれた。

その日の午後、看守が、

「みんな外に出るから新しい着物に着替えなさい」とふれて回った。

「そうだ、自殺の絶好のチャンスだ」私は咄嗟に思った。看守がドアを開けた時、私は「とても頭が痛いので、今日は休ませてください」とせがんだ。看守はきつい目をして、

「お前はなぜ出ないいんだ。いかんと言ったらいかん」

と私の手首を掴んで引き摺りだそうとした。

「所長の命令だ。今日は絶対に休むことはならん」

長い廊下を引き摺られるようにして外に出された。既に1000名に近い戦犯が、広い運動場を黒い制服で埋めていた。私はヒヤッとした。ソ連で毎朝やられた「吊し上げ」を思い出したからである。

やがて管理所長の孫中佐が演壇に登って、

「唯今から古海忠之が自己暴露を行う。みなは良く聴いて学習するように」

と宣言した。古海さんは、敗戦の頃は「満州国」の総務庁次長であり、文官としては戦犯中で最高の地位の人である。古海さんは丁寧に頭を下げてから、ゆっくりとした態度で原稿を取り出し、殆ど読むようにして話し始めた。私は食い入るように古海さんを見つめ、一言も聞き漏らすまいと聞き入った。古海さんの本当の心境、言葉の裏に潜む決意のほどが知りたかったからである。

全体の印象は、私たちとは全く別の世界の犯罪だということだった。私のような血生臭

い犯罪ではなかった。古海さんの犯罪は政策決定とそれの指令という犯罪であり、今更隠しようもない性質の犯罪だった。

約1時間に亘って古海忠之さんは自己の犯した罪を具体的に暴露した後、

「私は今更の如く、自ら犯した罪の大きさと深さに愕然としております。中国人民を苦しめ、悲しませ、不幸に陥れても、それが日本の利益になり、かつ自らの栄光に繋がりさえすれば、てんとして恥じない鬼でした。私の作った法令によって多くの日満の官吏が、至る所で罪を犯したことを悔い、1200万にも上る中国人民の尊い生命を奪い、500億ドルに上る損害を与えた滔天の罪に対し、いかなる処刑をも喜んでお受けする覚悟であります」

と結んで降壇した。

私は心から「偉い！　さすがだ」と思った。古海さんは既に最高責任者としての自覚に立ち、死刑を覚悟している。「心静かに処刑を待つ」という心境に違いないと思った時、私は「なんと女々しい俺か！」と穴があったら入りたい思いに駆り立てられた。

古海さんの自己暴露が終わると、佐官組の将校が、次々と壇上に呼び出された。特に印象的だったのは広瀬中佐の態度だった。

彼は自分を批判するものが現れるとその人の方に向き直り、眼に満身の力を込めて睨みつけるのである。右から発言があれば右を、左から批判があれば左を、凄い目をして睨みつける。檀上の誰も真似のできない激しい態度だった。1時間も続いた激しい怒号の末に暴露大会が終わった時、広瀬中佐はその場で、手錠をはめられ、私たちの傍を通ってどこかに連れて行かれた。私はその青ざめた中佐の横顔を見送りながら、この間まで同室で枕を並べ、日本の将来を語り、独房では隣り合わせでお互いを励まし合った広瀬中佐の、その死を決しての大胆な行為に、今度はまた恥ずかしくなったり感心したりしていた。(※9)

その後、部屋替えがあり、ハルピン時代相当長い期間一部屋で暮らしたことのある小野寺広元（元関東州警部）さんと、シベリア以来の顔なじみだった上坪鉄一憲兵中佐（四平地区憲兵隊長）と一緒の部屋になった。

2人は青い顔をしていて元気がない。特に小野寺警部はしょげている。

「いったい、どうしたんだ」

と聞いてもろくすっぽ返事もしない。上坪中佐が代わって、

「小野さんはなあ、取調べが暗礁に乗り上げているんでご機嫌ななめなんだよ」という。小野寺警部は当時大連で騒がれた中国共産党の放火暴略事件の弾圧に関係していたとか、していないとかで、もう検察官を3人も代えて頑張っているのだそうだ。

「あの朝の一斉検挙にさ、俺は確かに行かなかったと思うんだけど、行ったという男があるらしいんだ」

「それで小野さんはどう返事する気なんだ？」

「どうもこうもないさ。明日が大詰めなんだ。もう仕方がない、出動したことにするよ。だけどなあ！　出動状況等細かくついてこられるとお手上げだしなあ……」

と暗い顔をする。上坪中佐が横合いから、

「だから小野さんは駄目だと言うんだ。もっと科学的に分析してみてだなあ、確信のあることを言わなきゃだめだよ」

と非難する。

「そう言ったってさ、出動しなかったという立証ができないんだから」と言いかけると
「その態度がいかんのだよ。半信半疑のまま認めたら恨みが残るだけじゃないか。それでは正しい認罪はできないし、人間転変もできっこないよ」と食ってかかるのである。

なかなか正論をぶつ上坪中佐も青色吐息だった。取調べは既に終わっていて、最後の総括書も仕上がり、捺印も済んでいた。

「儂《わし》はもういかんと思ったので、最初からみんな自白したんだ」と言いながらも「絶対に死刑になる」といってしょげているのである。

「儂は鶏寧で捕まえたスパイを13人も石井部隊(※10)に送ったんだからなあ」という。

「しかし、君はそれだけなんだろう。僕の10分の1にも足りないよ」と気休めを言うと、

「いや、駄目なんだ。絶対駄目なんだよ。それに石井中将は今アメリカに行って細菌戦研

究を指導しているそうだ。中国が参戦（朝鮮戦争）してから奉天や錦州方面に、菌を持った蚤や蚊をばら撒いたといって大騒ぎしている時なんだ。これに関係した犯人がこうして捕まっているんだろう。1人や2人死刑にせんことにゃあ、第一、中国の人民が承知しないよ」と言って一歩も引かないのである。言われてみればもっともなような気もする。

1954年4月初めの頃、それまで上坪中佐がずっと餌をやり続けてきた親雀が、小雀を連れてやってくるようになった。餌を撒いて小窓を閉めると、やがて2羽、3羽と降りてきて餌を啄んでいる。

「おい、島さん。あそこにびっこがいるだろう。あいつなあ、とても人の好い奴だよ。いつも他の奴に餌を取られるんだ。ほら、あいつ、あいつ、あいつ！　びっこの右にいる黒みがかった奴、あいつは本当に意地悪なんだ」

どうやら上坪中佐はもう、小雀の顔を全部覚えてしまっているらしかった。私たちは5時が起床時間だったが、雀たちはずっと早起きで、眼を覚ました時にはもう窓下にやってきていて、チョンチョンと私たちを呼んでいた。

「島さん、俺なあ、毎日一尺ぐらいずつ餌を窓下に近づけて撒いているんだよ」

早速、昨夜の残飯を撒き終った上坪中佐は、私を捉まえてこんな話をした。5、6羽の小雀が窓ガラスの直ぐ向こうで餌をあさり、私たちが動くと直ぐ逃げたが、一番後まで逃げないのはあのびっこの小雀だった。それからはガラスをコツコツ叩いて餌をねだるようになったが、5月の初め頃、小雀が大きくなってどこかに飛んで行ってしまった。

上坪中佐の部屋に来た頃から、部屋の室長が決められ、時折学習討論をやるように催促された。室長である上坪中佐はこんなことが苦手らしく、あまり深刻な問題についての討論はやろうとしなかった。

「死刑の判決もあるんだろうか」

と、裁判についての話題が多く、大抵、私と上坪中佐の「死刑先陣争い」で終わった。

昭和30年2月になると、佐官組全体の部屋替えが行われ、私はその翌日呼び出され、分厚な告訴文の綴り3冊を渡され、

「今日からこれに目を通し、1枚1枚にサインしなさい」

「間違っていると思うものにはサインしないでいいからね」

と言われた。

ぎっしり字の詰まった4センチ近い分厚い綴りが3冊もある。3~400人の人が書いたものに違いない。私はそれから9日間、毎日それを読み続けた。

被害者の父母兄弟の書いた告訴文には、肉親が殺害された当時の状況を事細かに書いた

後に必ず、

「島村三郎を八つ裂きにしても飽き足らない。どうかこの日本鬼子を死刑にして私たちの恨みを晴らしてください」

と書いてあった。死刑になったはずの私の部下だった肇州県の金警尉、郭警佐らも陳述書の中の私のことに触れ、私が自殺を賭けて頑張った斬首事件は、これを警護した郭警佐が暴露していた。

「横暴な日本鬼子島村三郎は、このようにして中国人民の生命を、まるで犬ころでも殺すようにして奪い取った」

2人は私を憎み、恨み、そして自分自身をも売国奴と罵って死んでいったと言う。

私が肇州県副県長時代、成績を上げようと多くの警察官を督励してやった糧穀出荷運動の下で、いかに多くの農民が苦しみ、悲惨な境遇に追い込まれていったかを知り、今更のように驚いた。

ある告発者は、父親が警察官から「まだ隠している」と攻め立てられて、井戸に飛び込んで自殺したと訴えていた。

切々と訴える被害者の怒りと憎しみ、悲しみと恨みの一字一句が、頁を捲るたびに私の胸をかきむしり、揺さぶった。私は今更のように、私がかつて平然とやってのけたこと、国家のためだと躍起になってやったことの1つひとつが、これほどまでに中国人民を、不幸に陥れたのかと愕然とした。自分の行為の残虐性、残忍性を思い知らされた。

読み進むにつれ、「死刑にしてくれ」と書いた頁を開けたまま、私は「殺されても仕方がない」と思うようになった。「アジアのため」「日本民族のため」と命じられ、自らもそう信じて満州で働き続けた結果、このような不幸を沢山作った。一体、誰が私をこうさせたのか。

「国家か？　上司か？」

「それとも私1人の責任か？」

告訴文の綴りを読み始めて7日目のことだった。私は肇州県文化村の楊氏という老婆の告訴文を読んだ。たどたどしい文章には土語が沢山使われており、とても読みづらかった。私はその拙い文章を1つひとつ拾って読んでいるうちに、やがて全身の血が凍ってしまったかのように、身動きできなくなったのである。

「孫警佐の奴がやってきて、儂《わし》のたった1人の息子を捕まえて行った時は、眼の前が真っ暗になり、何も食わずに3日3晩、炕《かん》（オンドル式の寝台）の上にうつ伏して泣き明かした。儂の息子は、副県長の奴に斬り殺されてしもうたそうだ。貧乏で嫁も貰ってやれなんだで、儂はそれから1人ぼっちで乞食をして暮らしてきたぞ。お役人様は儂らの言うことを聞いてくれるということじゃが、どうぞ副県長の鬼奴を死刑にしてくだされ。息子の讐《かたき》を取って下され。これが歳をとって乞食にも出られなくなってしまった婆のたったひとつのお願いだ」

老婆の文字は一字一句が泣いていた。悶えのたうち、哀願していた。布団を掻き毟りながら嗚咽する老婆の姿が、はっきりと瞼に浮かんでくる。その瞼の下から悔恨の涙が、被害者に対する初めての涙が、止めどもなく頬を伝って流れた。

「お婆さん、許して下さい」

私は思わず綴りを掴んで咽んだが、言葉にならなかった。

部屋を変わった頃から私たちの監禁生活が次第に緩められ、部屋のドアが解放されて自由に廊下に出て便所にも行け、隣室を訪れることもできるようになった。また、自主的な学習委員会を持つことも許されるようになり、ハルピン時代進歩組にいた者の中から、数名の者が学習組長に任命され、3部屋が合同して学習討論をやるようになった。各部屋には従前どおり室長がいて、学習組長会議や室長会議が頻繁に持たれていた。

私は佐官組の中でも「注目すべき極反動」の1人と見做されていた。シベリアでもそうだったが、中国に移管されてからも、様々な反抗を試み人々を煽動してきたのだから、誰を恨む筋合いも無かった。

私は先日老婆の告訴文を読んで涙を流した。その限りでは侵略の罪の深さを思い知ったのである。普通一般の犯罪だったらその場で翻然として生まれ変わり、翌日からは「人をして驚かしむる」ほどの態度がとれるのだが、この侵略罪のような犯罪となると、とかく簡単なものではないのである。

〈特別軍事法廷〉

1956年4月に入って間もない頃だった。「重大な発表があるので、筆記用具を持ってスピーカーの前に集まりなさい」と看守がふれて回った。夕食も終わる時間になって、やっと金源少佐の元気な声がスピーカーを通じて流れた。

「今日は皆の身分について、中華人民共和国全国人民代表大会常務委員会の決定を発表する。目下、我が国に勾留中の日本戦争犯罪者は、我が国に対する侵略戦争中に、国際法の原則を公然と踏み躙り、我が国の人民に対して各種の犯罪行為を行い、極めて重大な損害を被らせた。彼らの行った行為は、厳罰に処して然るべきところであるが、しかし、周恩来総理は、日本の降伏後10年来の情勢の変化と、数年来の中日両国人民の友好関係の発展を考慮し、また、戦争犯罪者の大多数が勾留期間中に程度の差こそあれ改悛の情を示している事実を考慮し、戦争犯罪者に対してそれぞれ寛大政策に基づいて処理するよう、粘り強く進言し、そのように決定された」

金源少佐はゆっくりとここまで読んで一息ついた。

「1、主要でない日本戦争犯罪者、あるいは改悛の情が著しい日本戦争犯罪者に対しては寛大に処理し、起訴を免除することができる。罪状の重い日本戦争犯罪者に対しては、各自の犯罪行為と勾留期間中の態度に応じて、其々寛大な刑を課する」

金源少佐は続いて2項、3項、4項と裁判の手続きを読み上げた後、

「6、刑を科せられた犯罪者が、受刑期間中の態度が良好の場合には、刑期満了前にこれを釈放することができる」

金源少佐のこの発表があってから、私たちの生活環境は目まぐるしいほど急速に変化していった。

1956年6月21日、私たち1000名のうち、約300余名の者に、起訴免除処分が言い渡される日であった。私たちは全員朝早くから勢揃いして、撫順市内にある旧日本人女学校の講堂に出かけた。広い講堂の2階は、傍聴に詰めかけた中国の人々でいっぱいになっていた。

軍服姿の最高人民検察院張鼎承代理王子平検察官は厳かな口調で、

「常務委員会の決定に基づき、以下の者の起訴を免じ、直ちに釈放することを宣言する」

と宣言して300余名の人名を読み上げた。

だが、最後列にいる私たち27名（武部六蔵さんは病気のため欠席）は、蒼い顔を伏せて、ただ寒々と座り続けていた。その場で赤十字の方に身柄を引き取られた約３００名は、新装の姿も軽々しく、戦犯管理所大門を出て行った。

翌朝、看守がやってきて、

「君たち、直ぐ荷物をまとめて講堂に集まりなさい」

と伝えた。将官組の古海忠之元総務庁次長、今吉均元警務総局警務所長、三宅秀也元奉天省警務庁長等の顔も見えた。私たち27名は、大きなバスに乗せられて、撫順戦犯管理所を後にした。親しかった人々に一言の挨拶もせず、家族への伝言も頼まずに、出発したのが寂しかった。永遠の別れになると思い込んでいたからである。

車は瀋陽の街角を幾つも回って、とある赤煉瓦の建物の前に停まった。労働者の宿舎らしいその家に10畳くらいの個室が幾つも並んでおり、私は南側に張り出した個室に入れられた。

管理所では一度も食べたことのない上品な夕食を済ませた頃、崔仁傑中尉がにこにこしながら入ってきた。手には白い表紙の１００頁もありそうな本を持っていた。

「ゆっくりこれを読んでみなさい。もし納得できぬ箇所があったら僕を呼びなさい」

本の表紙には大きな活字で「起訴状」と書いてあり、元総務長官武部六蔵さんを筆頭に、私たち28名の起訴状の綴りだった。私の名前は15番目にあった。他の人々は相当沢山起訴されているのに、私は僅か1頁ちょっとで、しかも三江省の特高課長時代の1年3か月の罪状だけしか起訴されていなかった。一番心配していた犯罪、自殺を決意してまで自供した肇州県の斬首事件については一言も触れていなかった。

「どうしたことだろう」

その夜は割とグッスリ眠れた。10年ぶりの朝寝だった。11時頃に「弁護士が呼んでいる」と看守に呼び出された。若い弁護士が愛想よく迎えてくれた。

「私は中国人民から君の弁護をしろと命令を受けています。僕に話しておいたら有利だと思うことを、何でもいいから素直に話して下さい。およそ犯罪というものに弁護の余地のない犯罪はありません。それを心おきなく話してごらんなさい」

と心優しく説いてくれたが、私は黙っていた。

翌日また呼び出されて同じ問答を繰り返した。3回目だったように思う。私が席につくと、いきなり、

「君、特高課長という職は、特高警察の最高責任者なんですか。それとも警務庁長の補佐役なんですか」

と聞いてきた。

「長い間、私は単なる補佐役なんだから、刑法上の責任は一切警務庁長にあると考えていました。しかし、今はもうそう考えておりません。私が計画し、立案し、意見具申しない限り、絶対に犯すことのできない罪なんです。今ここで、日本に帰ってしまった庁長に罪をきせても私の責任が軽くなるものではありません」と言い、「私のような侵略戦争の犯罪人が、被害者でもあられる先生に弁護していただくなんて、とんでもないことだと考えています」

と言い切ってしまった。実のところ心の底には縋り付きたい気持ちがいっぱいだったのである。

翌日私たち27名は、宿舎の直ぐ前にある法廷に呼び出され、全員起訴の宣告を受けた。その日私たちは新しい中国服に着替え、古海忠之さんを先頭に（武部六蔵さんは病気のため、別室で病床裁判を受けていた）一列に並んで法廷の後ろから入って行った。広い法廷の後半分と2階いっぱいに傍聴のため中国人がぎっしり詰まっていて、傍らを通る私たちの顔を敵意に満ちた眼で見つめていた。

法廷のまん中にマイクを取り付けた被告台があった。「起立っ！」という号令の下で、皆が一斉に立ち上がると、壇上に、最高人民法院特別軍事法廷の裁判官の一団と検察官の一団と弁護士の一団が入廷して着席した。検察官の起訴状の朗読はあったが、求刑はなかった。

1日に2人くらいずつ、被告台に立たされて厳粛に裁かれていった。

7日目の朝、崔中尉が入ってきた。「君の裁判は多分明日の午後になるだろう」と知らせてくれた。

「各省から来ている傍聴席の人々も、君たちの態度を実に熱心に見守っているよ」

「ええっ、あの人たちは各省から来ているのですか?」

「そうだよ。あの人たちは、帰ったら君たちの態度を、逐一省民に報告しなけりゃあならないんだからね。6億の中国人民は、今、重大な関心をもってこの裁判を見守っている。法廷の状況や君たちの言葉の1つひとつは、毎日ラジオで放送されているんだ。君たちの裁判の記録映画も撮っているだろう。あれを中央政府はこれから全国で映写して、人民に納得してもらわなければならない。大変なことだよ。君たちの裁判をいつやるかについても、中央政府はずいぶんと苦心したんだ。ソ連から移管された当時にでもやって見たまえ。それこそみんな死刑だったよ。そうしないことには人民が承知しなかっただろう」

私はまたしてもズドンと背中を叩かれた気がした。

「君も覚えているだろう。君たちが乗ってきた汽車の窓ガラスは、全部新聞紙で外から見えないようにしてあっただろう。君たちは新京の街で人影一人見なかったはずだ。撫順の駅に着いた時も、駅の周囲から管理所までの道を、極めて厳重に警戒していただろう。

あれは、君たちを人民が襲う危険性が大いにあったからなんだよ」

と言った。


とうとう私の裁かれる日がやってきた。

今日は、私は1人で先日通った道を通って、被告席まで行かなければならなかった。傍聴席の何千という眼が一斉に私に集中した。その怒りと恨みの視線の矢が、俯いて歩く私の頬にヒリヒリと刺さった。1200万の同胞を殺害された恨み、長年に亘って占領され、侮辱され、迫害され続けてきた「民族の怒り」の視線。この視線は私の背中を射続けていた。

やがて私は被告席に立たされ、裁判官から型どおりの訊問を受けた。「起訴の事実に相違ないか?」

「相違ありません」

「自分が犯した罪行について、今どのように思っているか?」

私は生唾をひとつぐっと飲み込んでから、ゆっくりゆっくりと話し始めた。

「1939年(昭和14年)、私は三江省依蘭県の共産党弾圧を指揮しました。私が現地に着いた時、薄暗い留置所は無実の罪に問われた人々でいっぱいでした。私は「もっときつく拷問しろ!」「徹底的に絞り上げて泥を吐かせろ」と命じました。いきり立った警察官の怒号、容赦なく打ち下ろす鞭の音、苦しみ悶える被害者のうめき声と絶叫が聞こえました。この声は必ず、家族の方々にも聞こえたに違いありません。夫の悲鳴、父の絶叫を聞いた方々は、まさに断腸の思いであったに違いありません。私はこの苦痛の絶叫を平然と聞いていました。豚か犬が死んだくらいにしか思っていませんでした。

私は去年長男の死を聞きました。抑留中に交通事故でたった1人の息子が死んだという妻からの手紙を手にした日、私は運動場の片隅に行って人知れず泣きました」

ここまで言った時、急に声が詰まり、涙が頬を伝って流れ始めた。どうすることもできない。私はポケットからハンカチを取り出し鼻水を拭いた。

「帝国主義の野心で一杯だった私は、平和に暮らしている中国の人々を殺害し、侮辱・圧迫し財宝を奪っても、それが自分の立身出世に繋がり、日本帝国主義の利益に繋がりさえすれば、何の咎めも感じない人面獣心でした。私は今やっと、自分の本質を知ることができました。心の底から、数々の侵略の罪を悔悟しております。そして罪万死に価すると感じております。そしてどうか……」

と言いかけて、2~3歩後退し、絨毯の上に両手をついた。

「裁判長さん！　どうかこの私を厳罰に処して下さい」

と言って深々と頭を下げた、そして後ろの傍聴席の方に向き直り、

「中国人民の皆さん！……」

と叫んだ時、一番近くの歩哨が走り寄って、私の発言を制した。私が再び被告台に立っ

愛読者カード

このたびは小社の本をお買い上げ頂き、ありがとうございます。今後の企画の参考とさせて頂きますのでお手数ですが、ご記入の上お送り下さい。

書 名

本書についてのご感想をお聞かせ下さい。また、今後の出版物についてのご意見などを、お寄せ下さい。

◎購読注文書◎

ご注文日　　年　　月　　日

書　　名	冊　数

代金は本の発送の際、振替用紙を同封いたしますので、それでお支払い下さい。
(2冊以上送料無料)

なおご注文は　FAX　03-3239-8272　または
メール　kadensha@muf.biglobe.ne.jp
でも受け付けております

郵便はがき

料金受取人払郵便

神田局
承認

2625

差出有効期間
平成29年10月
31日まで

101－8791

507

東京都千代田区西神田
2-5-11出版輸送ビル2F

㈱花伝社 行

お名前《ふりがな》 お電話
ご住所（〒　　　　　　） （送り先）

◎新しい読者をご紹介ください。

お名前《ふりがな》 お電話
ご住所（〒　　　　　　） （送り先）

た時、裁判長が、
「意見は全て本官に申述べなさい」
と命じた。

〈判決〉

1956年7月20日
武部さんを除く27名は、水を打ったように静まり返った法廷の真ん中に立たされ、やがて、裁判長の判決の朗読が始まった。元総務庁長官武部六蔵さんから始まった28名の罪状はほぼ起訴状と同じだった。

各人の罪状を読み終わった裁判長は、一段と声を張り上げ、
「本件各被告人は、日本帝国主義が我が国を侵略した戦争の期間に、我が国に対する侵略政策と、侵略戦争を遂行し、国際法と人道の原則を踏み躙り、いずれも重大な罪を犯した日本戦争犯罪者である。元々、厳罰に処すべきが当然であるが、各被告人が勾留期間中、程度の差こそあれ悔悟の態度を表していることを考慮に入れ、各被告人の犯罪の具体的な情状に従い、中華人民共和国全国人民代表大会常務委員会の決定に基づき、各被告人に対し、それぞれ次のとおり判決を下すものである。

一、被告人武部六蔵　禁固20年に処する。

二、被告人古海忠之　禁固18年に処する。

……

十五、被告人島村三郎　禁固15年に処する。

……

二一、被告人上坪鉄一　禁固12年に処する。

……

二五、被告人溝口義夫　禁固15年に処する。

……

以上、各被告人の刑期は、判決の日から起算し、判決前の勾留日数一日は刑期一日として参入する。

1956年7月20日」

と読み上げた。

私は今、生を与えられた。

「お前が真人間になるには、もう4年が必要だ」

と判定されたのである。

宿舎の階段を上る足も軽かった。

その夜久しぶりに、金源少佐がにこにこ笑いながら入ってきた。

「どうですか。嬉しいですか」

「長々とご指導ありがとうございました。お蔭様で生を与えられました。残された4年間を有効に学習して、心の中の帝国主義を精算し、人間らしい人間になる覚悟であります」

と言って礼を述べた。

「人間らしい人間になるということはだねえ、結局、事物を道理にかなって処理する人間になるということなんだ。他国を侵略することも、人を殺すことも道理にかなわぬことなんだ」

と言って金源少佐は帰っていった。

その夜、私は、消灯時間が過ぎても椅子に座ったまま、いろんな思いに耽っていた。敗戦以降の大きな出来事が次から次へと去来する。中国に移管されてからも、私は反抗の限りを尽くしてきた。それなのに私は今生きている。もう4年もすれば日本に帰すと今日決まったのである。一体何ということか?

「中国人民から与えられた以外の何物でもない」

私はやっと、その実感がしみじみと腹の底から湧き上がってきた。

そして1959年12月、私は岐部・長島・溝口の三氏と共に釈放され、帰国した。

(3)藤田茂氏の「認罪」

父と同じ1958年に帰国した藤田茂氏（元陸軍中将、第59師団の師団長）は、父が撫順の戦犯管理所時代から帰国後を通じ、最も尊敬と信望を寄せていた方であり、帰国後は私の兄たちとも交流のあった方である。

藤田茂氏は、1889年9月、三代続いた軍人の家庭に生まれ、京都の小・中学校を卒業した後、陸軍幼年学校、陸軍士官学校、陸軍騎兵学校を卒業し、旧陸軍のエリート街道を歩いた方である。陸軍戸山学校研究部や陸軍騎兵学校の副官も務め、1935年から3年間、皇族附の武官として閑院宮親王附属中佐から大佐となった。そして、陸軍騎兵隊の大佐・少将・中将とエリートコースを歩んでいたが、1944年3月からは、日中戦争の指揮官として中国河南省における騎兵第4師団長、1945年3月から敗戦まで第59師団長として、中国山東省におけるいわゆる「三光作戦」を指揮した。

「三光作戦」とは、日中戦争の中でも最も残虐なやり方で虐殺・略奪・放火等を行い、細菌戦や毒ガス兵器まで使用したとされている作戦である。撫順戦犯管理所での処遇と教育を受ける中で、藤田氏は戦犯管理所の中でも最も深く過去の罪業を反省し、戦前の暗い過去ときっぱりと決別し、全く新しい道を歩んだ。

藤田氏は特別軍事法廷で禁固18年の有期刑判決を受けたが、服役期間中の態度が評価されて刑期満了より6年も早く1957年秋に釈放され、1958年春に父たちと同じ船で帰国した。帰国後は「中国帰還者連絡会（略称〝中帰連〟）」の初代会長となり、生涯平和運動と日中友好に多大な尽力をし、業績を残した。

釈放された時、既に還暦を迎えていたにも拘わらず、帰国後は北海道から九州まで歩き、日本軍国主義が行った侵略の歴史的事実と自ら指揮した戦争の残虐さを語り、「戦争だけは絶対にやってはならない！」と講演して歩いた。そして1980年、90歳でこの世を去ったが、臨終の床に娘さんを呼び、次のような遺言を残したという。

「私は中国人民の生徒だ。あの世に行っても私は中国の先生方のご恩は忘れない。私が日中友好のために努力したことも忘れない。私が死んだら、私にあの周恩来総理から頂いた中山服を着せて欲しい。これが私の最後のお願いだ」

藤田さんの一生は、前半生が戦争の狂気に走った歴史であり、後半は死ぬまで平和と日中友好を訴えて全国を駆け回った人生だった。帰国後、雑誌等に多くの文章を書き、その講演録も数多く残っている。

藤田さんが1977年7月7日、中国帰還者連絡会が主宰した盧溝橋事件を記念する大会で行った講演の一部を紹介する（季刊『中帰連』）。

私たち軍人は、軍人時代に経済についての勉強など全くした事がありませんでした。そこで、私は、この戦犯管理所での学習の機会を有意義に過ごしたいと考えたため、今まで一度も勉強したことのない経済学を学ぶことにしました。幸い仲間の中に良い指導者もおりましたので、1年経った頃には資本主義経済、社会主義経済、マルクス経済学を一通り理解できるようになりました。

さらに日本経済の発達の歴史に興味を持つようになり、私は全ての社会の基盤は経済であるということが、理解できるようになりました。経済学の基盤の上で歴史を学習し、特に日本の近代史を学習する中で、私は大きな疑問を持つようになりました。

それ迄、私は、満州事変や日支事変についてどうしても腑に落ちない点がありました。満州事変当時、私は、将校教育の教官として東京にいたので、事実経過についてはほぼ知っているつもりでした。中国軍による鉄道爆破があり、それに対する日本軍の反撃によって事変が勃発したことになっているが、経済の面から見るとそれが原因とはどうも思えない。

事変の前に、田中上奏文[※11]が発表されたが、それには「日本国防の第一線は中国の東北である。東北を征し、中国を手中に収めることが肝要」と述べられています。

昭和2年以来の世界恐慌の中で、当時、日本も経済的に行き詰まっていた。日本の経済的矛盾の打開策としての満州侵略ではなかったか。それが満州事変の原因であり、満州事変は日本軍が発動した中国に対する侵略戦争であることが、やっと明らかになってきたのです。

そして、日中全面戦争の発端となった蘆溝橋事変もまた、日本の経済的背景が侵略拡大の経済的要求となり、それが原因であると判ってきたのです。

この日中全面戦争に至る考え方は、軍事的な面から言っても、非常に頷けるのです。なぜなら、日清戦争、条約によって、在華日本居留民の保護を名目にして、天津・北京に各一個大隊の日本軍を駐屯させていましたが、昭和12年の初期、日本国民の誰1人知らないうちに北京・天津の二個大隊は完全武装の各一個連隊に改変され、旅団に編成されていたのです。

そしてその部隊の一中隊が、同年7月7日、夜間演習を行ったのです。他国の領土で夜間演習を行うこと自体誠に不謹慎の極みです。

しかも、本来、日本の軍隊では、演習に実弾を携帯してはならないというのが鉄則でした。であるのに、この日の夜間演習では実弾を携行しており、7月7日の中国軍の攻撃に対して直ちに実弾で反撃できたと言うのです。これが真実ならば、神業に近い準備の良さと言わざるを得ません。

これが正義の戦争と言えるでしょうか。聖戦だと賛美されたこの日中全面戦争もまた、中国の資源の略奪とその市場を独占するため日本が計画的に発動した侵略戦争でありました。

私は、経済学と日本近代史の学習によって、戦争の原因とその内容を正しく理解するようになりました。そして私は、これらの学習を通じて、自分の前半生に実行した中国での戦争は侵略戦争であった、ということが判って参ったのです。

しかし、それでも私は、軍国主義思想をなかなか清算することができませんでした。中国側の私たちに対する処遇に頭の下がる思いもし、自分の思想にも変化が起きつつあったとは言え、15歳で幼年学校に入学して以降ずっと受けてきた天皇崇拝の軍国教育は、私の頭の中にこびりついていたからでした。

1956年6月、私たちに対する軍事裁判が始まりました。この裁判は2回に分けて行われたのです。

裁判が始まると、1人ひとりに起訴状が手渡され、その罪状は、軍事上のことは殆どなく、最も大きな問題は、平和住民の虐殺、平和住民の酷使、家屋の破壊と焼却、食糧と家畜の略奪、婦女子の強姦、捕虜の殺害等でした。

私は日本から送られてきた週刊誌を読んだことがあり、その記事の中に各国の軍事裁判の様子が載っていて、ポツダム宣言第9条には捕虜を虐待した者は厳罰に処すとあり、これによって1200余名の日本軍将兵が死刑に処されているというのです。

私が師団長の時行った秀嶺1号作戦だけで、私は捕虜86名を虐殺したと起訴状に載っており、この1項だけでも私は当然死刑だと覚悟を決めたのです。

午後、証人の証言が始まりました。

この証人たちの証言の一言一句は本当に怒りと憎しみに満ち満ちており、その1人ひとりの眼光と一句一句の憎しみが、私の胸に突き刺さる思いでした。次から次へと立つ証人たちは、異口同音に、私を極刑に処すよう証言の最後を結んでいました。

その中で最も印象に残る証言があります。

それは私が連隊長時代、山西省安邑県上段村という村の部落に共産党がいるという情報が入り、私は部下を指揮してその部落に向かったのです。夜明け前、折しも移動しつつある敵50名と遭遇し、白々と夜が明ける頃戦闘は終わったのですが、私はまだ部落のなかに敵が潜んでいるかもしれないと思って、部落の掃討を命じたのです。

この時の罪状には、「住民の老若男女140名を殺害した上、井戸に投げ込み、捕虜120名を殺害し、100余軒の民家を焼失した」とありました。

この時証言に立った張葡萄という62歳になる老婆は、このため一家が皆殺しにされ、ただ1人生き残ったという方でした。

老婆は当時の情況を話しているうちに段々興奮してきて、怒りのために身体が震え出し、顔は汗と涙と鼻水とよだれでクチャクチャとなり、ものすごい形相だったのです。

私は、この老婆のような凄い形相を見るのは初めてでした。怒り、憎しみ、悲しみ、苦しみ、恨み、これらの感情が一時に爆発したという表情でした。

この老婆は髪を逆立ててテーブルを乗り越え、私に飛びかからんばかりの有様で、証言という生易しいものではないのです。

裁判長が幾度もなだめ、看守が元の席へ引き戻しても直ぐ私に飛びついてくるので、また連れ戻す、また夢中で飛びかかってくる。私は本当にそこに立っていることができなくなり、心から呵責の念が湧いてきました。

もうどうでもいい、ひと思いに蹴るなり噛みつくなり打ち倒すなりして欲しい、という気持ちで一杯でした。

私はこの老婆の怒りと憎しみでくしゃくしゃになった顔が瞼に焼き付いて、生涯消えることがないのです。

このような証言を26人から聞き、丸1日半、私はただ立ちすくんでいました。その時間の長かったこと、証言を聞き終えた時、心の底から死刑は当然だと思うようになりました。裁判長が「今の証言に対して被告はどう思うか」という質問をしたとき、私はもう弁解無用と感じていたので、「全くその通りです。本当に申し訳ないことを致しました」と素直に答弁しました。

6月19日、判決が言い渡され、私に対する判決は全く予想外で、ただの18年の禁固刑だったのです。しかも、この18年は抑留の全期間を通算するというのです。日本敗戦後、ソ連での5年間、中国での今迄の6年間を通算し、既に11年が経過し、あと7年間の禁固刑というのです。

裁判長の「今の判決に対して被告は申述べることがあるか」という質問に対して、私は「まったく予想外の寛大な判決であり、ただ感謝のほかございません。」

しかしながら、ここにおられる26人の証言は皆、極刑を望んでいます。こんな軽い刑では納得されないのではありませんか」と偽らざる心境を述べました。

反省というものは、自分の立場から考えていたのでは、いつまで経っても身に付かないものです。

私は長い間、侵略者に肉親を奪われ、家を焼かれた被害者の悲痛な心情を理解することはできませんでした。しかし、私自身、広島に住んでいた姉が原爆により死んだという手紙での報せを受けた時、原爆を落としたアメリカを心から憎みました。そして私が本当に素直な1人の人間の気持ちに立ち返った時、初めて自分の「罪」を自覚できたのです。

こうして「罪」の意識を身に染みて感じた時、私は、はじめて、自分が邁進してきた軍国主義に対する憎しみを、自分のものにすることが出来ました。

私は老骨に鞭打って、侵略戦争に反対し、軍国主義を告発し、日中友好のために、今後も邁進する覚悟であります。

Ⅳ．中国から帰った戦犯たちのその後——「中帰連」の活動

1956年4月25日、中国全国人民代表会常務委員会は、「抑留中の日本人戦犯の処理に関する決定」を採択して同年8月21日、1017人の戦犯が「起訴免除」となって釈放された。そして1956年7月、8月、9月と3次にわたって1017名の戦犯の中国からの帰国が実現し、第2次梯団として日本に帰国した坂倉清さん（故人・元陸軍軍曹）は帰国できたことの喜びを次のように語っている。

第1次帰国組が帰った時になって初めて、自分たちもこれで帰れるに違いないと思ったんです。興安丸の甲板から日本の島影が見えた時は、もう感無量でした。家を出てから16年、戦争をやって、シベリアに行って、今度は戦犯として中国に行ってきたんですから。海岸に松の木が点々と並んでいるのを見てね、ああ、本当に日本だ、日本に帰って来れたんだと、言葉がでませんでしたね。

（熊谷伸一郎著『なぜ加害を語るのか——中国帰還者連絡会の戦後史』岩波ブックレッ

トより）

このように喜び勇んで日本に帰ってきた元戦犯たちにとって、十数年ぶりの日本での暮らしは困難の連続だった。当時の日本について殆ど何も知らなかったからである。板倉さんはこう語っている。

まず、お金の単位ですね。私たちは銭の単位で考えていたのに煙草1つが40円だという。何を買うにもいちいち驚いてしまう。まあ、浦島太郎のようなものですよ。（前出）

元戦犯たちの中には、戸籍が無くなっていた者もいた。帰ってきたら自分の墓が出来ていた等という例もある。

1956年と言えば、日本が高度経済成長期の入口に差し掛かり、経済白書が「もはや戦後ではない」と謳った時期である。その当時、日中の国交は開かれておらず、冷戦の対立も激しさを増していた。

しかも、従来の戦犯と異なり、自己の戦争犯罪を認めて自分自身の戦争責任を公言する戦犯たちの帰国は、当時の日本の社会では奇異な存在として目に映った。

当時の新聞は「戦犯にされて当然　真剣な表情で語る人々」（『毎日新聞』1956年7月2

日付夕刊）、「揃って罪を告白　殉教者のような帰国者」（『朝日新聞』同日付夕刊）等と報じ、日本社会は、概して彼らに対して冷淡で、「洗脳者」として取り扱われたのである。

同時に彼らは、公安調査庁の監視にも晒された。公安調査庁発行の「公安調査月報」第5巻第9号（1956年9月）には、次のように記されている。

中国から戦犯として帰国した各人が、異口同音に中共側の厳正な裁判と寛大な判決に感謝し、自己の罪業を懺悔する言葉を漏らして、中共の礼賛に終始し、「認罪」「学習」についてはもっぱら黙して語ろうとしないのは、中共側の10年間に亘る遠大な政策の一端を物語っている。

こうした状況下、戦犯たちは周囲から「アカ」扱いされ、公安警察関係者による執拗な接触や監視に悩まされ、就職先に警察が頻繁に現れるために転職を繰り返した者も少なくない。この生々しい実態について、札幌の大河原孝一さん（故人）は次のように語っている。

最大の困難は、マスコミ等が私たちに「中共帰り」というレッテルを貼って、危険視したことです。私たちは自分を再生させてくれた中国に感謝し、再び中国と絶対に戦争をしないということを真剣に考えていたのです。当時、日本と中国は国交も回復されておらず、新しい中国の実情が日本に知られていない時期で、私たちはそれを多くの人々に知ってもらおうと「中国帰還者連絡会」を結成し、戦争反対と日中友好の活動を活発にし始めました。にも拘らず、マスコミは「中国に洗脳された者たちで、中共の指令を受けて動いている」と中傷しました。帰還した戦犯の多くは帰国してからまず職を探し、伴侶も探さなければならなかったのです。そこに「アカ」という偏見と攻撃が始まり、警察は近所や職場で聞き込みをし、そのために私たちに対する周囲の態度が変わり、就職も結婚も家探しも大変でした。それでも皆、中帰連の活動を懸命に続けました。（季刊『中帰連』）

帰国した戦犯たちは、1957年9月「中国帰還者連絡会」（中帰連）を結成し、帰還者の生活保障と「日中友好・反戦平和」のために活動し始めた。さらに中帰連は、日中戦争の実態解明にも大きな力を注ぎ、戦犯たちの手記をまとめて、神吉晴夫編『三光――日本人の中国における戦争犯罪の告白』（光文社、1957年）等を出版した。

同書は大きな反響を呼び、20日間で初版5万部を売り尽くす程だったが、右翼の執拗な攻撃によって、同書は事実上の絶版に追い込まれる。「洗脳された人間による告発」という反発、「1人ひとりの人間の戦争責任を問うこと」への反発、さらに、「性暴力を戦争犯罪として語ること」に対する反発等が主だったという。

それでも中帰連は加害の証言活動に地道に取り組み続けたが、なかなか世に受け容れられるものとはならなかった。その理由の第1は、高度成長期に入りつつあった当時の日本において、戦争を過去のものとする国民意識が蔓延し、被害者意識を核にした戦争観・平和観が定着し始めんとしていたからである。

第2の理由は、旧軍人、遺族団体等が、高度成長期の日本において利益誘導政治の圧力団体に取り込まれていったことである。

1952年4月、戦傷病者戦没者遺族援護法が制定され、戦傷病者や戦没者遺族に対して年金等が支給されるようになり、同法はその後、軍属や国家総動員法に基づく被徴用者等の準軍属にも支給対象が拡大されていった。さらに1953年8月には、占領期に停止されていた軍人恩給が復活し、さらに、加算制（従軍帰還の割増制）が復活して、受益者の裾野がどんどん広がっていく状況の中で、日本遺族会や旧軍人恩給復活全国連絡会等の団体が、自民党政治への完全な圧力団体となっていった。

第3の理由は、「戦友会」等の行った抑圧的対応があげられる。1960～70年代にかけて全国的に「戦友会」の結成が相次ぎ、70年代後半から80年代前半にかけてその活動は最盛期となった。「戦友会」は、中帰連の加害証言を抑圧する機能を持っていた。これは次の例を見ても顕著である。

中帰連の会員土屋芳雄氏は、極貧の家庭に育ち、その生活から抜け出すべく軍人になり憲兵となった。そして、中国で嫌疑をかけた中国人は必ず罪人であると決めつけ拷問や虐殺を繰り返した。ある時、ソ連のスパイの嫌疑のある中国人を苦労して逮捕したが、自分の手柄のために家族の所に行き、家族を集めて一家の写真を撮り、見せしめのように家族の前で父親を連行してその後虐殺した。

土屋氏は、日本に帰ってからもこの時のことが忘れられず、何とかしてこの家族に謝罪したいと願う。そして家族の消息を探し、唯ひとりだけ面会を許してくれた四女を中国に訪ねて謝罪した。

この土屋氏の半生が、朝日新聞山形版に「聞き書き 憲兵・土屋芳雄半生の記録」として連載され大きな反響を呼んだ（1984年8月から1985年4月）。

これに対して、憲兵関係の戦友会の全国憲友連合会の機関誌『季刊 憲友』は、土屋を激しく非難する大キャンペーンを展開し、「元憲兵の体面を汚すもの」として満場一致で憲友会から除名し、「憲友名簿」より削除したのである（『季刊 憲友』第34号、1985年）。

このように、戦争責任・加害責任の問題が毛嫌いされ棚上げされる風潮の中で、中帰連は孤立を深めながらも旺盛な出版活動や証言活動によって侵略戦争の実態を告発し、国民を侵略戦争に加担させていった国の戦争責任の問題を提起し続けたのである。

ところが、1960年代における中ソの対立、日本共産党と中国共産党の対立、さらに1966年から中国で始まった文化大革命の余波を受けて、1966年に中帰連は、共産党系（中連）と社会党系（正統）に分裂する。この文化大革命の時代は、日本人戦犯を優遇したとして戦犯管理所の元所長や元職員も自己批判させられ投獄されたという。そのため、戦犯たちと戦犯管理所の職員たちとの交流も一時途絶えたのである。

しかし、1980年代に入ると、中帰連の原点の「日中友好」と「反戦平和」に立ち返る動きが強く出てきて、1986年に統一した。

さて、最後に、日本と中国が国交回復に至るまでの経過と中帰連の関係を見ていくことにする。

1972年、中帰連の活動はひとつの節目を迎える。この年9月、田中角栄（当時の首相）は訪中して周恩来総理と会談し、日中共同声明に調印して、日中の国交が回復された。日中友好を目指して活動を続けてきた中帰連にとっては、大きな目標の達成であり成果であった。帰国後の中帰連の地道な日中友好への努力が実を結んだ結果だと言えるだろう。日中共同声明調印直後に訪中した藤田会長らに対し、周恩来総理は次のように語ったという。

「この日中共同声明は紙の上の約束だ。本当の友好関係は人間と人間との間の友好であり、真の友好は、日本人と中国人の今後の努力にかかっている」

そして1978年、日中平和友好条約が締結された。この条約は中帰連の活動のひとつの大きなゴールであり、日中戦争の実態を伝え続け、日中友好と反戦平和を訴え続けてきた活動の原点を、ここで再認識することにもなった。

1980年代に入ると、冷戦が終結し、アジア諸国が経済成長により国際的地位を向上させたことに伴い、日本政府は、日本の侵略戦争と植民地支配に対する反省を国際社会に向かってアピールせざるを得なくなる。そしてそれが1995年8月の村山首相談話に繋がっていった。

それと同時に、国民の戦争に対する意識も徐々に変化していった。1980年代になると、戦後の日本は戦争の原因や責任について十分議論がなされてこなかったと考える人の割合が、60％前後に達している（『日本人の戦争観』吉田裕・森茂樹『戦争の日本史23 アジア・太平洋戦争』吉川弘文館、2007年）。

さらに1990年代以降になると、戦時中の日本軍の従軍「慰安婦」問題が注目を浴びてくる。そんな中で、中帰連の元兵士たちがなした最大の貢献は、一般の兵士たちが決して語ろうとしなかった自らの性暴力について証言したことである。2000年12月に開催された女性国際戦犯法廷において、中帰連会員の金子安次と鈴木良雄が行った従軍「慰安婦」に関する証言がそれである。

このように、中帰連の会員たちの困難な条件下での息の長い活動もようやく実を結びつつあった中で、中帰連は2002年に幕を閉じた。会員の高齢化により他界していく会員が多くなったためである。

中帰連のその精神と活動のバトンを受け継いだのが、「撫順の奇蹟を受け継ぐ会」である。中帰連の精神と活動に賛同して集った各層の市民によって設立されたこの会は、「反戦平和・日中友好」の精神に基づいて、現在も、多様な活動を地道に繰り広げている。

さらに、2005年、元中帰連の代表と「撫順の奇蹟を受け継ぐ会」の代表が、駐日中国大使として着任した王毅大使（現在の中国の外務大臣）に真摯な働きかけを続けた結果、特別軍事法廷で裁かれた45名の戦犯の自筆の供述書のコピーが日本側に提供され、公表されることになった。

この自筆の供述書の公表により、日中戦争の侵略性はより具体的に明白になってきている。それは政治・経済・財政・労働・その他各方面から日中戦争の実態を明らかにする貴重な証言であり、私がこの本を書くことができたのも、日中戦争を現実に指揮し遂行した者による自筆の供述書が公表されたお蔭である。

Ⅴ．日本軍が「満州国」で行ったこと

1．「満州国」の統治機構

１９２９年（昭和４年）は、アメリカを震源とする大恐慌が世界を巻き込んで日本にも波及し、昭和の大恐慌の真っ只中であった。大恐慌で資本主義が脆弱な姿を露呈し、１９３０年（昭和５年）になると日本でも大不況がピークに達し、満州が救世主としてにわかに浮上する。満州事変が起きたのは、日本がそんな状況にあった１９３１年９月18日のことである。

「満州国」は、繰り返し述べたように、関東軍が１９３１年９月に柳条湖事件という謀略的手段を用いて東北三省を軍事占領した上、清朝の廃帝愛新覚羅溥儀を「執政」に担ぎ出して１９３２年３月に発足させた「国家」である。さらに関東軍は１９３３年には熱河省、河北省に侵略を拡大したが、日本の敗戦の１９４５年８月まで世界の大多数の国から承認されることの無かった「国」であり、日本の一方的な満州支配の実態を糊塗する傀儡国家であった。その国家の制度の骨格は、１９３２年3月の「建国」と同時に制定された政府組織法に定められた。

それによると、君主に準ずる存在の執政が国家の主権を行使し、諮問機関の参議府、立法権を翼賛する立法院、行政権を行う国務院等の機関が統治機構を構成した。しかし、立法院は最後まで開設されず、「満州国」の法令は全て国務院の原案を参議府が審議して、そのまま公布施行された。つまり、「満州国」は、民主主義の前提である代議制のない、執行権のみが突出した専制行政国家であった。

国務院には国務総理と行政各部（当初は民生、外交、軍政、財政、実業、交通、司法の7部）に総長が置かれ、全て中国人であったが、各部には日本人の次長が配されて実権を握った。総長は名ばかりの存在で実務を掌握することはなかった。

国務総理の直属する国務院総務庁は、機密、人事、主計、需用を各部から切り離して管掌した。つまり、総務庁は、中央政府のヒト・カネ・モノを一手に握って強力な権限を発揮したが、総務庁を掌理するのが総務長官で、長官も総務庁次長も、ともに日本人が充てられた。

このように、行政機構の主要部には日本人の官吏が配置され、１９３２年8月の日本の「満州国」承認以後は、関東軍司令官が特命全権大使を兼任し、大使が日本人官吏を指揮監督することによって、関東軍は「満州国」を自由に操ることが出来たのである。国務院の総務庁中心主義、行政各部の次長中心主義は日本が敗戦を迎える迄変わらず、「満州国」の傀儡性を保障した。

2.「満州産業開発5か年計画」の策定――「満州国」と岸信介

岸信介は、１９２０年、優れた成績で東京帝大を卒業し、当時の農商務省に入ったが、後の機構改革により、農商務省が農林省と商工省に分かれたため、商工省の書記官に任じられ、間もなく書記官から事務官へと昇進した。

岸信介は、商工省に在職中の１９２０年代から、当時のソ連やドイツが行っていた統制経済に注目し、日本においても統制経済を推進する必要があると主張していた。彼の統制経済の思想と理論は、戦時体制の産業政策に適応するものだったからである。

一方、１９３１年9月18日以降、日本の関東軍は公然と中国東北への侵略を開始し、蒋介石国民政府が不抵抗主義をとったため、日本軍は4か月も経たないうちに中国東北部の大部分の地域を占領した。

しかし、当時の日本は、長年自由主義経済下で発展してきており、戦争拡大に適応する戦時経済体制ではなかった。

そこで岸は商工省工務局長に昇進した後、「日本の全ての資源を戦争に必要な物資にまわしても絶対に足りない。『満州国』の資源に依存するしか道は開けない。『満州国』で、産業の開発段階から経済統制を実施して、高度な国防経済体制を確保するしかない」として、満州の豊富な資源を日本の拡大する戦費と財政支出に充てる考えを主張した。

そして１９３６年９月、岸は工務局長の職を辞して、「満州国」へ渡ることを決意する。それは、彼が長く蓄えてきた統制経済を「満州国」で実現するためであった。当時の関東軍は、共産党や中国人民衆の抗日運動の弾圧に成功して中国東北部を占領し、占領拡大の野心を急速に膨張させていた。

そのため、軍部の要請と、岸の中国東北部で統制経済を遂行する政策とが合致したのである。１９３６年10月、岸は「満州国」政府の実業部（後に産業部）総務司長に任命され、１９３７年７月には産業部次長となり、行政の事実上の実権を握った。そして１９３９年３月総務庁次長になったが、なお産業部次長も兼任し、在満の３年間余り、農・林業、畜産、水産、鋼業、開拓、殖民、及び資源の利用・開発・保有等、産業経済分野の行政の実権を掌握したのである。

また、岸は関東軍や日本の財界と密接な付き合いを保ち、かつ、霞が関の官僚時代から有能な官僚たちに「満州国」に就職するよう勧めていた。その結果、総務庁長官星野直樹以下古海忠之、椎名悦三郎等10名余りの官僚が渡満し、岸の側近となって、総務庁や産業部等の重要な職務を担当し、共に行政権の実権を握ることになったのである。

岸が「満州国」に来て間もなくの１９３７年７月７日、日本は全面的な日中戦争を開始し、戦略物資の需要は一層増加していくことになる。

役職	氏名	出身
総務長官	星野直樹	大蔵省
総務庁次長	神吉正一	外務省
主計処長	古海忠之	大蔵省
人事処長	源田松三	大蔵省
法制処長	松木　俠	満　鉄
弘報処長	堀内一雄	陸　軍
企画処長	松田令輔	大蔵省
内務局長官	大津俊男	内務省
外務局長官	大橋忠一	外務省
経済部次長	西村淳一郎	大蔵省
税務司長	青木　実	大蔵省
産業部次長	岸　信介	商工省
農務司長	五十子巻三	農林省
鉱工司長	椎名悦三郎	農工省
拓政司長	森重干夫	拓務省
民生部次長	宮沢惟重	満　鉄
教育司長	皆川豊治	司法省
司法部次長	古田正武	司法省
刑事司長	前野　茂	司法省
治安部次長	薄田美朝	内務省
警務司長	渋谷三郎	陸　軍

「満州国」の日本人高級官吏と出身組織（1937年7月）

「満州国」は1936年11月、「第1次産業開発5か年計画」を確定したが、中心になってこれを策定したのが当時総務庁長官だった星野直樹と岸信介の2人である。この第1次産業開発5か年計画は1937年から実施されたが、産業部次長の岸は満州の資源状況を余すところなく調査して、中国東北部の産業に対する全面的な統制を行い、資源の獲得を図った。

そして日中全面戦争（日華事変）が始まると、星野直樹、岸信介を中心に産業開発5か年計画の各項目の指標を改め、目標額は大幅に引き上げられた。戦時経済の重要な構成部分である銑鉄、石炭等の戦略物資を調達するために、大量の人力・物力・財力を集中させて産出量を大幅に増加させる必要があったからである。

その産業開発5か年計画の実施を保障するため、岸は新京に満州重工業開発株式会社（「満業」）を設立し、日産総裁の鮎川義介が「満業」の初代総裁となった。「満業」は、中国東北地方で鋼鉄・石炭・軽金属等の重工業資源を総合的に開発して中国東北部での重工業を独占する国策会社で、岸の統制経済政策を執行する具体的執行者となった。岸は鮎川の日産が満州に進出するために重要な役割を果たし、「満業」に特殊の優遇条件を提供して急速に拡大発展させたのである。

このため、鮎川義介と岸信介、東条英機、星野直樹、松岡洋右は満州の「五覇（日本では二キ三スケ）」と呼ばれている。

岸が推進した最初の統制経済の重点的施策が産業開発第1次5か年計画であるが、これは紛れもなく戦略物資の調達計画であり、日本の占領を拡大するために、満州に戦略物資供給基地を作る計画であった。

しかし、この計画の遂行は思い通りに進捗せず、「満州国」の経済的欠乏と財政収支の不均衡は年々増大していった。そこで、彼らが目を付けたのが、アヘンがもたらす巨額の利益とその有害な作用である。

「満州国」は国策としてアヘン専売制度を創設・推進し、巨額の利潤を得ると共に、中国東北人民の反満抗日の意識を麻痺させようとしたのである。これについては後に詳しく述べることにする。

3.「満州国」の財政政策

古海忠之（1900年～1983年）は、京都府立一中、三高を経て東京帝大法学部を卒業、大蔵省に入り、1932年7月に渡満し、総務庁主計処総務科長に就任、以後、1940年6月に経済部次長に転ずるまで、総務庁の各処で科長・処長を歴任、1941年11月には総務庁次長に就任し、敗戦まで総務庁の事務方のトップであった。

この古海の自筆の供述書における供述は、「満州国」の政策全般にわたっており、法令の制定手続き、政策の立案・実施、予算の作成・執行のほぼ全般に関与しており、その記述は極めて具体的かつ詳細で、十分な資料を用意した上で書かれたものと推定されている。古海の供述書は、「満州国」の行政府のトップ自ら、「満州国」の統治の実情を明らかにした文献として極めて大きな意義をもっていると言われている。

古海の「財政金融の面に於いて、中国人民を搾取した罪行」の冒頭には、次のような記述がある。

偽満州国の本質は、帝国主義日本の中国領土の侵略を確保し、偽満州国の育成を通じ、其侵略を拡大し完成する用具に過ぎなかった。偽満州国の一切の政策が編成される偽満州国の総予算は、日本の満州侵略の具体的表現であり侵略実現の原動力でもあった。此の原動力は、中国東北人民からの完全搾取である租税国債、其の他の収入を基礎とし、満州侵略を遂げんとしたものである。

古海の「満州国」の予算制度、年度ごとの予算ないし決算の系統的な説明によれば、関東軍の目的に沿って各種の特別会計が年々新設され、日中全面戦争に突入した1937年度以降は、特別会計を中心に財政規模が急膨張していった。その推移の状況が具体的数字で記述されている。年度ごとの予算・決算額、国債発行額等の数字データは、「満州国」経済部の資料等の数字とも概ね符号しており、信用性が高い。

最も重要なのは、関東軍の経費と「満州国」の財政支出との関係に言及した部分で、1932年度一般会計予算は、「……1933年2月に熱河への侵略費2000万円（歳入は関税の追加予算を編成決定したため、最終的には1億1500万円程度になった」とある。「満州国」が関東軍に経常的に納付した負担金とその使途についても具体的に述べられている。

さらにまた、アジア太平洋戦争開始後の大規模な増税や産業開発5か年計画と資金計画、それらの実施状況も具体的に述べられており、赤字国債による産業開発資金の調達で、アジア太平洋戦争期に悪性インフレに襲われ、政府がその対策に追われた状況も正直に述べられている。

4．「満州国」の労働者政策

1930年代の満州は基本的に農業社会であり、労働市場は極めて脆弱で、労働力は伝統的に中国本土からの出稼ぎ労働者に依存していた。そのため満鉄をはじめ満州に進出した日本企業は、労働者の安定的な確保に苦労していた。

1937年度から実施された満州産業開発5か年計画は、関東軍の主導の下、満州を急速に工業化して日本の総力戦体制の確立を図り、満州自体を将来の対ソ戦に備えた戦略基地に仕立てるためであり、近代諸産業の形成を目指して鉱工業全般を育成し、それを支える農業生産も高めるという、全産業部門の大規模な開発計画であった。

1939年度からは、対ソ国境地帯の軍事施設の基盤整備をはかる北辺侵攻計画も3か年計画で始められ、日本人農業移民計画と併せて、「満州国の三大国策」と言われた。

ところが、1937年に日中全面戦争が始まると、日本では極端な労働力不足が顕著になり、アジア太平洋戦争期になると、さらに労働力の逼迫は増大していった。そこで、「満州国」政府は、「国民勤労奉公制度」を創設して中国人民衆を労働に駆り出し、また、懲役囚の監獄外への出役労働を日常化した。また、犯罪を起こすおそれのある窮貧者や浮浪者を矯正輔導院に収容し、これを各事業所で労働させる等の施策を取り、中国人に対する強制労働の強化を図ったのである。

このように、「満州国」では、広範な中国人の強制労働が常態となったが、1941年になると、独ソ戦の勃発に乗じて関東軍が大動員（関特演）[※12]を実施し、さらに労働力需要の逼迫を押し上げていった。そのため、政府は物資動員計画と合わせて労務動員計画を立て、応募労働者の数が不足すると「勤労奉公隊」を市や県に割当てて動員する等、中国人の強制労働（供出労工と勤奉隊）の比率はどんどん高くなっていった。しかし、その労働条件は劣悪で、賃金は低く、給養は不十分で作業は危険に満ち、災害が多発した。その実態について、古海の自筆の供述書は、炭鉱の爆発、軍の築城工事や水路工事における犠牲者の数まで上げて、具体的に供述している。

また、古海は、日本の農民の満州への移民政策についても、次のように供述している。

満州国の成立後敗戦までの約13年間、日本は満州への農業移民を積極的に奨励し、日本人人口の増加と農地の拡大を図った。日本人移民の入植は「開拓」と呼ばれたが、多くの場合中国人農民から既耕地を強権的に収用し、中国人の強い反発をかった。日本からの移民団は主として満州北部の国境地帯に入植し、対ソ戦略の人的基盤を構成した。そのため戦争末期には成人男子は現地招集で入隊し、移民団には殆ど少年と婦女子しかおらず、ソ連軍の進攻によって多数の犠牲者を出した。

この古海の供述は、移民入植のため確保された土地が中国人農民から強権的に収用した土地に他ならなかったことを明確に認め、入植地の決定が最後まで関東軍の手に握られていたこと、中国人からの土地収用は財産の収奪でもあったと述べている。

5.「満州国」の阿片の生産・専売政策

15年間にわたる日中戦争において、日本がアヘンの売買を行って中国人に身体的な害毒を与え、戦費や防諜工作資金を捻出したことは、東京裁判以来広く知られるようになった。日本は日中戦争を通じて数々の残虐な行為を行ったが、「三光作戦」、細菌・毒ガス作戦、七三一部隊による生体実験等と並んで、反人道的戦争犯罪の最たるものが、国家的施策として行ったアヘン・麻薬の生産と販売である。

アヘンは4つの国際条約で規定された世界的禁制品であり、日本もこの条約に加入していた。当時、中国国民政府はアヘンの禁煙に腐心し、それなりの成果を挙げていた。こうした状況下で行われた日本のアヘン政策は、国際条約と中国の国内法を犯し、中国のアヘン禁煙の努力を蹂躙するものであり、重視されねばならないのは、それが日本国家そのものによって組織的に遂行されたという事実である。

1937年に日本が中国との全面戦争を始めた後、必要な資金と戦略物資が急膨張したため、岸はアヘン取引を容認し、綿花、食糧と共にアヘンの栽培を掌握した。そしてその後、古海忠之、そして「満州国」の警務司長で満州映画株式会社理事長となった甘粕正彦、〝アヘン王〟と呼ばれた里見甫等の人物が、官・民におけるアヘン取引の推進者となったのである。

日本のアヘン政策は、首相を総裁として、外・蔵・陸・海相を副総裁とする興亜院及びその後身の大東亜省によって管掌され、立案・施行ともに国策として計画的に展開された。朝鮮人や台湾の中国人が、日本国籍の下で、その末端を担っていた事実も無視できない。

古海は「禁煙政策はポーズに過ぎず、「満州国」の阿片政策は挙げて中国人を『弱廃虚脱』させ、財政収入を確保することにあった」とし、「関東軍が熱河に侵攻した大きな要因が熱河阿片の確保だった」ことを強く示唆している。さらに、アヘン専売の機構と人事、国外アヘンの導入、アヘンの栽培・収買の統制、専売特別会計の規模と一般会計との関連、収買量の推移、アヘン政策の転換、アヘンの輸出等、アヘン政策の全般にわたって年代順に簡潔に記述している。

関東軍は早くからアヘン政策の研究を始めており、1933年2月初旬、アヘンの専売政策の担当者を本国の大蔵省から呼び寄せ、秘密裡に華北アヘンを買い付け、三井物産をとおしてイランアヘンも輸入し、70万両の手持ちアヘンの専売を開始していたのである。さらに、4月には専売特別会計を設け、政府がアヘンを直接収買するのではなく、省内の地区ごとに元受収買人と多くの収買人をおいて農民から生アヘンを収買させ、元受収買人から主に専売支署に納入させていた。

古海氏の「満州国阿片政策に関する陳述」という供述書には、「満州国」がその侵略政策にアヘンをどのように組み込んだかについて詳しく述べている。

日本における阿片会議に伴ふ罪行

１９３３年春、日本政府は東京に大陸諸地域の阿片関係者を召集して阿片会議を開催し、偽満州國からは禁煙総局副所長梅本長四郎等が出席した。本会議に於いて、日本は民族の衰亡を貪る阿片政策を大陸諸地域より東亜全域に拡大して、侵略政策を強行せんとする意図を以て、其阿片需要に応ずべき主たる阿片の生産供給地を偽満州國及蒙疆とする事を決議せしめた。

偽満州國は日本の意図を了とし、阿片会議の決議を承認した。禁煙総局は、此の阿片会議の決議に基づき、阿片の増産計画を樹て正式手続きに依らずして、総務庁企画処参事官高倉処長・古海次長及び武部総務長官の決裁に依って決定し、関東軍の承認を経て実施した。本増産計画は、奉天省・四平省及び吉林省の平地地区に重点を置き、之は阿片栽培（試験）圃の設置と言う偽装に依り、人民を欺瞞し、遂行した。

併し、其の本質は試験圃ではなくて阿片栽培地域を平地方面にまで拡大し、阿片の増産を企図して、帝国主義日本の意図に副ふと共に、1940年に決定した阿片麻薬禁断政策強化要項の如き偽装欺瞞政策を一擲して、徹底的な阿片政策の採用を武部総務長官及私等が決意し、実行したものである。爾来、國内に於いて積極的に阿片の吸煙を増大せしめ、緊要な戦時政策の遂行に利用し、民族の衰亡を測り、亦日本及中支（偽王政権）に阿片を輸出する暴挙を敢てした。

1954年8月23日記

古海供述書には、明確に「中国の国民の心身の弱廃化を通じて、反日勢力の弱化と日本軍の戦費の調達を図り、財政収入の増加というオマケ付きで、阿片専売制度は遺憾無く効果を発揮していった」と記載されている。

こうした政策によりアヘンの専売の収益金は年毎に増加していき、アヘンの栽培面積が増加して、産量が上がった事は言うまでもない。アヘンに付きものの密作・密買を含めば、莫大な量に上った。

さらに、1941年末、アジア太平洋戦争が勃発すると、「満州国」は戦時緊急物資の緊急増産・対日援助の強化という方向に突進していき、アヘン政策もその目的のために奉仕させられた。アヘン作付面積が増加して、熱河から他省にまで広がっていき、アヘンの収買量が増して、吸煙者は当然増加していった。

このように、「満州国」のアヘン政策は、徹頭徹尾、中国人民衆を「弱廃虚脱」して反満・抗日運動への意欲を削ぎ、日本の戦費の捻出という財政上の目的に利用されたのである。

Ⅵ．特高警察と憲兵の支配した「満州国」——関東憲兵隊

日露戦争直後の1905年12月、関東憲兵隊が創設された。旅順を本部とし、ほぼ200名規模で、当初の任務は軍隊内の犯罪行為の取締りであった。1920年代になると新たな役割が加わり、軍事警察の他「満鉄付属地の警備、日本権益の擁護、在留人（日本人）の保護」や、中国軍・政府機関の情報収集工作等が新しく加わっている（満州憲兵訓練処長齊藤美夫供述）。ところが、関東軍が1931年の柳条湖事件を契機にして東北三省を軍事占領し、翌年の3月「満州国」を建国して以降、反満・抗日運動はますます強まっていき、関東憲兵隊の主たる任務は、反満抗日運動の取締りと弾圧になっていった。

以下、「満州国」憲兵訓練処処長だった齊藤美夫等旧満州の憲兵・警察・司法官（横山光彦判事　杉原一策・溝口嘉夫検事）等の自筆供述書に基づいて、警察と憲兵に支配された「満州国」の推移を見ていくことにする。

関東憲兵隊は、1931年9月18日の「満州事変」の端緒となった柳条湖事件直後、司令部

を旅順から奉天（瀋陽）に移し、その主たる任務は民心の動向への警戒と反満抗日分子の取締りとなった。満州事変以降、日本は中国での支配を拡大するために、様々な法律を策定して満州における資源や土地の強制収用を推進したが、それに伴って中国人による反満州・抗日運動が強まっていき、反満抗日運動に対する取締まりが「満州国」の占領支配の継続のための最重要課題となったからである。

現実に、憲兵隊の兵力は、１９３２年５月時点では５１１名だったのが、２年後の１９３４年末には１０３２名と倍増され、１９３２年９月には、中国共産党を中心とする民族主義運動を取締りの対象とする暫行懲治《ざんこうちょうち》叛徒法《はんとほう》と暫行懲治《ざんこうちょうち》盗匪法《とうひほう》が制定された。

暫行懲治盗匪法は、「盗匪」と呼ばれた共産党の民族運動を討伐するための法律で、討伐の現場において警察官が緊急即決処分（射殺）できることを規定し、その後の反満抗日の運動の鎮圧に威力を発揮した。

そのため、「満州国」の行政府である民生部警務司の下に警察組織が創設され、大杉栄・伊藤野枝らの殺害を指揮した憲兵隊員の甘粕正彦がその長の任に就き、憲兵出身者が行政府である警察の中枢を占めるようになっていった。

１９３５年頃までに関東軍は頻繁に「軍事的討伐」を行い、反満抗日運動の主力を押さえ込んだが、それでも中国共産党の地下組織は増大し続け、新たな「思想的討伐」という対応に迫られていった。

そこで1935年12月、東条英機が関東憲兵隊司令官に就任するや、「任務の重点は、「満州国」建設を妨害する中国共産党東北党と抗日軍の撲滅工作にある」と訓示して共産党の取締りを本格化し、それに伴い憲兵隊司令部の機構も拡充され、関東憲兵隊の兵力は、1938年8月には当初の3倍強の1818名となった。そして、新京の司令部の他、奉天等各地に11隊と教育隊が配置され、各憲兵隊の特高機能が強化された。

齊藤美夫の供述によれば、1939年の関東憲兵隊の服務方針は、「関東軍の対ソ作戦準備に即応する治安工作を完遂し、防諜工作を徹底するにあり」というもので、ソ連と国境線近くの東安・東寧等に、防諜（スパイ）を主とする憲兵隊が新設された。

一方、「満州国」の行政府においても、1937年7月、民政部警務司と軍政部を統合した「治安部」が創設され、警務司の特務警察（今の特高警察）の専従員は、ほとんど日本人によって独占された。

1938年1月から興安西省や三江省の警務庁特務科長を歴任した島村三郎によれば、三江省において、特務警察の活躍により共産党の地下組織の破壊、潜伏抗日軍の発見検挙、一切の宗教団体・思想犯容疑者の偵諜を強化した結果、島村の在任中の検挙者は4300名以上、検察庁への送致者は1280名以上、取調べ中の拷問による殺害は100名、「現地殺害者」は120名に及んだという。

さらに1937年12月には「保安局」が新設されて、ソ連との国境地区の保安機能の整備と防諜組織の確立、諜報業務を担当する実質的な秘密組織が設立された。

島村三郎は三江省特務科長在任中、地方保安局理事官を兼務していたが、その供述書によれば、保安局は豊富な予算で諜報網を張り巡らせ、その機能が本格的に発揮されたのは、アジア太平洋戦争期以後であったと言う。

1938年1月以降、「満州国」全体で指紋管理が徹底されたが、その目的は、「あらゆる機会と口実を設けて、出来得る限り多くの人民の指紋を採取して之を保管し、人民の反抗を予防弾圧する手段にする」ためであった。

さらにまた、「司法の分野においても、1938年5月、高等法院・最高法院の特別法廷として思想犯専門の「治安廷」が設置され、日本から経験豊かな判事や検事が招聘された。6月には司法部刑事司に「思想科」を新設して、初代思想科長に着任したのが、当時の大阪地方裁判所検事局の思想検事であった杉原一策であった。杉原の戦犯管理所時代の自筆供述書によれば、当時、暫行懲治叛徒法は、次のように運営されていたという。

(1) 抗日救国組織に加入した者、組織の行動を積極的に援助した者は全部起訴

(2) 組織の幹部または組織加入者で行動の活発な者は死刑

(3) 行動が比較的活発な者は無期徒刑
(4) 組織加入者は有期徒刑
(5) 行動微弱な者は不起訴

このように、関東軍と行政府及び司法府が足並みを揃えて反満抗日運動に対する弾圧と取締りを強化する中で、日本は満州の軍事占領と人的・物的支配を拡張していったのである。

なお、「満州国」の治安において忘れてならないのが、鉄道警備隊の存在である。鉄道警備隊は1万人を超える人員を擁して、反満抗日運動取締りの一翼を担った。敗戦時、鉄路警護軍参謀長（少将）であった原弘志は、「1937年7月から1939年秋までに検挙した中国人の総数は約2万名、そのうち検察庁への送致が約6000名で、取調べ中の殴打や拷問は日常的だった。強制的に鉄道警備の「愛護団員」に加入させられた周辺の農民らは、農繁期や厳冬期にも巡察のため動員・酷使された」と供述している。


日本がアジア太平洋戦争に突入した1941年以降、中国共産党を中心とする反満・抗日運動は一層強まっていき、それに伴い、特高警察及び憲兵隊による取締りとその弾圧も一層苛烈さを極めるようになっていった。

1941年初めの「満州国」北部の「三肇《さんちょう》地区で起きた叛徒事件」は、死刑72名、無期徒刑約40名という最大級の弾圧で、これを契機に同年8月、「治安廷」とは別に「特別治安廷」が新設され、裁判は一審のみで臨時に開廷でき、弁護人の選任を必要としないこと、死刑は銃殺とする等「裁判」の名に値しないやり方が実施された。

撫順戦犯管理所に収容されていた板橋潤は、旭川地方検察庁の書記官であった1943年に徴用され、中国に出征して錦州の高等検察庁の特別調室に配属となり、治安維持法違反事件を扱っていた。

彼は、当時の「特別治安廷」での審理と取調べについて、次のように語っている(『日中戦争と治安維持法』撫順の奇蹟を受け継ぐ会北海道支部発行、2005年7月7日)。

「現地での怪しい者、怪しいかもしれない者を憲兵や軍人が捕まえてくる。それを特別治安廷で調べて、懲役10年だ、3年だって簡単に決める訳さ。今の交通切符みたいなもんだ。一回裁判を受けたら終わり。一審制だから、死刑になったらそれで死刑が確定する」

「青竜県にいた頃、広い集会場があって、そこに特別治安廷を開くと、憲兵と軍隊が長城線近くから『これは八路軍の○○であって……』とか『○○の村長で……』とか言って連れてくる。俺らの調べは簡単。名前と住所、○○県の村長だとか何だとか。そして『懲役10年』とか『懲役15年』とか、『治安維持法の第○○条違反……』とか、起訴状を適当に書いて法院に回す。法院では審判官が起訴状のとおり決めてしまう。それで全て終わりだ。

取調べの際、反抗する者がいると、髪をろうそくの火で焼いたりした。俺は何人かの髪の毛を焼いたことを覚えている。ろうそくの火を鼻に入れてみたりさ。鼻が焼けたらすごいことになるよ。手の指を紐で縛って鉛筆を2本突っ込んで、その鉛筆をグルッと回す。そういう拷問を自分自身の手でやった記憶がある。

ある日、『八路軍の宣撫工作員あるいは幹部』と言われる20代後半か30歳くらいの男が2人、憲兵に連れてこられた。ところが、この2人は一言も喋らないの。それで、ヤカンに水を汲んで、彼らを戸板に縛りつけて、顔に手ぬぐいを当てて、手ぬぐいの上からヤカンの水を口の辺りに注ぐと簡単に飲み込んでいくんだ。水を飲んだ腹がパンパンに膨れてきたら、腹の上に飛び乗って水を吐かす。何度かそれを繰り返して喋らせようとするんだけど、どう痛めつけても喋らない。そのうちに、2人も何も言わないまま死んだ。

動かなくなった2人は、憲兵に『裏山に持って行って埋めとけ！』と言って処理させた。拷問は検事が先頭に立ってやる。我々はそれの後についてやるだけ。お咎めなんてない。一言も喋らないまま死んだ人たちは……そりゃあね、立派なもんです」

特別治安廷が最も活用されたのが、熱河省における治安粛清であったが、錦州高等法院次長を務めた判事の横山光彦は、「数千名を高等法院に起訴し、その治安廷または特別治安廷において、判決を以て惨殺・弾圧を宣言した」と供述している。

「満州国」では、太平洋戦争直後の1941年12月28日、治安維持法を公布して施行したが、日本の戦局の悪化が顕著になった1943年、思想司法体制はさらに強化され、4月に刑事思想科が拡充され、警察官も増員された。

また、1943年6月には司法矯正総局を設置し、主要な監獄では付設の作業場で労働させる他、製鉄所や炭鉱等でも働かせたため、この時期の監獄における死亡率は10％に達したという。司法矯正総局のもうひとつの役割は、浮浪無頼の徒を逮捕し、「犯罪予防」の名目の強制労働制度を創設して、「戦時緊要物資の緊急増産と対日援助の増大」に使ったのである（総務庁次長古海忠之供述）。犯罪性がない者でも、検察官の判断で強制輔導院に収容させ、収容者を苛酷な労働や危険な労働に駆り立てたのである。

1941年12月のアジア太平洋戦争突入後の戦局の悪化につれ、関東憲兵隊の任務の重点はますます共産党を中心とした反満抗日運動の取締りと弾圧・防諜（スパイ取締り）に置かれ、奉天・新京・ハルピン等の主要都市に「憲兵の質的・量的重点集中」が行われた（吉房虎雄供述書）。

そして、スパイ容疑で検挙された者、反満抗日運動で検挙された者のうち、一部は七三一部隊に送られて人体実験の犠牲になった。それらは「特移扱」と称され、「防諜（思想）上の重大犯人」でスパイ等への「将来逆用の見込み無き者」（上坪鉄一供述書）が選択の基準となった。

１９４２年度の関東憲兵隊による「積極防諜成果」によれば、逮捕された４５０名のうち、32％に当たる１４３名が「特移扱」として七三一部隊に送られている。

特高警察と関東憲兵隊による取締りと弾圧の強化は、特に熱河省や河北省で行われた。１９４０年以降、西南部の熱河省国境地帯では、八路軍の活動が活発になったため、「満州国」軍や警察官を指揮して特別粛清工作を実施する承徳憲兵隊の規模は、１９３０年代後半の２００名弱から１９４２年には５７０名に拡充された。

１９４３年、承徳憲兵隊隊長の安藤次郎は「八路軍の地下組織を完全に剔抉《てっけつ》せよ。八路軍は一人残らず殲滅せよ。八路軍にコーリャンや粟等食料を与えた者も皆死刑にせよ」と命令し、八路軍の食糧の補給路を遮断するために、関東憲兵隊が主体となって、国共地帯に「無住地帯」(※13)を設定し、並行して「集家工作」(※14)を実施した、と供述している。

このように、日本軍の戦局の悪化につれ、関東軍と警察及び憲兵隊による共産党の弾圧は一層激しくなっていき、１９４２年10月から１９４５年７月までの間、憲兵が統制指揮して、または独自で熱河省・河北省等で検挙した人員は約１万３０００余名、そのうち約４０００余名を特別治安廷に送致し、約１０００名を死刑に、約３０００名を無期・有期徒刑とした。司法官の飯守重任は、熱河省粛清工作で１７００名を死刑にし、約２６００名を投獄したとされている。

それにも拘わらず、アジア太平洋戦争突入後の日本の戦局の悪化は止まらず、それに伴って満州における共産党弾圧も益々厳しくなっていき、中国民心の離反は加速していった。

こうした状況下において、「満州国」は主食不足の事態にも直面した。

そこで、1943年9月以降、関東憲兵隊は、主食の強制的な「蒐荷工作」をやり、農民に自給米や種籾まで供出させた。

さらに労務動員の強化に伴って労働者の逃走や徴用忌避・工場での生産阻害も深刻になっていき、ハルピン・牡丹江線の鉄道工事中、上半期の就労者約2万名のうち2375名が逃走したという。

こうした状況の中で民族差別や土地の強制買収、憲兵の威圧的な対応への反発等も加わって、民心の離反は急速に顕在化していき、関東憲兵隊は広汎な民心離反への対処と、軍隊内部の人心の動揺、中国の延安等で展開された日本人・朝鮮人の反戦運動等にも対処せざるを得なくなっていった。

1945年7月、関東軍は「満州国」の治安の悪化に対処するため、関東憲兵隊を保安・防諜を主務とする特別警備隊に編成し直し、憲兵隊は軍事警察に縮小され、国境付近では憲兵隊がいなくなったと言う。

そして8月9日にソ連軍が進行すると、関東憲兵隊司令部は通化に移転し、8月17日私の父が憲兵隊長をしていた四平で機能停止となったのである（8月29日ソ連軍により武装解除）。

このような「満州国」の支配体制の崩壊過程において、中国人の治安維持法違反関係者らの処刑が強行された。杉原一策の供述によれば、8月12日、未決拘留中の治安維持法違反の重要人物や死刑を相当とする者について、「判決の確定を待たず、死刑処分に付して差し支え無きこと」という指示が出され、「相当多数（推定約50名）が死刑に処された」という。彼らを釈放すると、検挙、起訴、審判に関係した者に危険が及ぶためだったと言う（横山光彦供述書）。

このような過程を経て、特高警察と憲兵によりその支配を維持した「満州国」は崩壊し、日本は敗戦を迎えたのである。

Ⅶ．七三一部隊

「七三一部隊」とは、ハルピン郊外の平房に設置された大規模な細菌兵器の研究・製造のための陸軍の秘密部隊である。構想・研究開発・実験・実践の全てにわたって中心となった人物が軍医の石井四郎で、そのために「石井部隊」とも呼ばれていた。正式な名称は「関東軍防疫給水部」という。

満州の平房では、１９３６年頃から本格的に施設の建設が開始されて１９４０年頃完成し、１００メートル四方３階建ての冷暖房完備の堅固な巨大ビルの中で、十数種類の細菌の研究が行われた。そして１９４１年12月、日本がアジア太平洋戦争に突入し、戦局がどんどん悪化の一途を辿る中で、関東憲兵隊から送られる抗日思想犯の数は増加していき、七三一部隊が活用されていったのである。

石井は、軍医として満州に出征して、兄２人と知り合いの医者らを秘密裡に満州に呼び寄せ、生物兵器と毒ガスの研究・開発に当たった。関東憲兵隊は捕虜とした抗日思想犯等を選別してこの部隊に送り、石井らが生体実験をして細菌の威力を観察し、細菌戦の現実的条件づくりを推進した。その結果、兵器として一番有効なのはペスト菌と炭疽菌という結果を得たと言う。ペスト感染蚤（ＰＸと呼ばれた）は、七三一部隊の独自の発明であった。

生体実験の対象者となった中国人は、少なくとも３０００名以上で、七三一部隊に着くと名前を奪われ３桁か４桁の番号を着けられ、「マルタ」と呼ばれて生体解剖や生体実験に使われ、全員殺害されている。秘密のベールの中で「人体実験」と「生体解剖」という禁断の術を用いることの出来た医者たちは、国際法に反する夥しい数の生物兵器の実験論文を作成し、それを現実に「兵器」として製造した。

１９４０~１９４２年には、その細菌が中国十数地域に撒布され、その結果、各地で多くのペスト患者が発生して死亡した。１９４０年９月下旬には、吉林省農安でペスト感染蚤（ＰＸ）が地上に撒布されて多くの患者が発生して死亡し、農安から６００キロメートル以上離れた新京にも伝播した。これが「１９４０年新京ペスト」と呼ばれているもので、その後の１年間、七三一部隊では新京で得た雑木のプレパラートや細菌株・鼠の感染経路のデータを分析して、ＰＸの効果に自信を持った。

そこで日本軍は、１年後の１９４１年１月４日、湖南省常徳で空中からＰＸを投下し、市内の中心街へのＰＸの投下により、周辺地域にペストを伝播させ、７０００人以上が死亡した。ＰＸの投下は数次感染することから、日本軍にとっては、軍が投下したことが隠されるため、その威力を拡大していった。

その拡大例を挙げると、衢《く》県に投下したＰＸにより流行したペストは１２０キロ離れた義烏《イーウー》にも飛び火したが、これは、義烏から衢県に出張していた鉄道員がペストに感染して義烏に戻り、義烏で２００人位の患者を発生させたからである。さらに義烏から同心円状に周辺の村に感染していき、その中の崇山村では、住民約１２００人の３分の１に当たる約４００人がペストで真っ黒になって死んだと言う。

さらに１９４２年、日本軍はその地区を撤退する際に広信や玉山でＰＸを、衢県・麗水の両地域でチフス菌とＰＸを散布し、江山と常山では井戸にコレラ菌まで投入したのである。日本軍が使った細菌兵器は、安価に作成できるのと、感染という手段を用いるため日本軍が行ったことの証拠を残さないことが特徴的であった。

七三一部隊による被害は、人体実験等で３０００人以上の中国人が殺されたことに止まらず、中国十数地域の多くの住民が部隊で製造された細菌弾により殺されたことである。

これは明らかに日本軍が民間人を対象に行った国際法に反する非人道的行為の最たるものであり、日中戦争が不正義の侵略戦争であることを明白に物語っている。

しかも１９４５年８月９日、ソ連がソ満国境を越えて侵攻してくると、日本軍は証拠隠滅のため、七三一部隊の全ての施設を破壊し、７棟・８棟（ロ号棟）に収容されて生存していたマルタと称する約４００人もガスで殺され、死体は焼かれた上、松花江に捨てられた。そしてロ号棟もダイナマイトで爆破されたのである。

国際法に反し、かつ、日中戦争が不正義の侵略戦争であったことを物語っている七三一部隊の存在は、敗戦後も国民の知るところにならず、その存在と歴史が長い間隠されてきた。

その第一の理由は、日本人の医師により人体実験の対象とされた全員が解剖台上の露と消え、生存者がゼロのために、生の証言が得られなかったためである。

第二の理由は、七三一部隊で働いていた医者たちが敗戦後ほとんど自己批判せず、身分を隠したまま日本の医学界に復帰したため、その存在が明らかにされなかったためである。

第三の理由は、証拠が存在しないために、石井隊長をはじめとする七三一部隊の幹部や医師たちは、東京裁判で全く裁かれなかった。さらにその上、日米間の裏取引で、人体実験を含む細菌戦のノウハウの資料がアメリカの手に渡り、その代償として七三一部隊の関係者は戦犯としての訴追を免がれ、永久に裁判で裁かれることはなかったことによる。

戦後、初めて七三一部隊の存在とその隠された歴史を暴露したのが、森村誠一の『悪魔の飽食』であった（1981〜82年、光文社）。この本は、多くの日本人に衝撃を与え、ベストセラーとなった。

松村高夫慶応大学名誉教授によると、戦後、古本屋で発見された軍事医業関係の文書の中から、著名な軍医の署名入りの破傷風菌人体実験論文や、「マルタ」を杭に縛りつけて行った毒ガス実験報告書が発見され、慶応大学図書館に収蔵されているという。

その後の1995年、人体実験の犠牲者たちの遺族が日本政府に対して、七三一部隊の行った人体実験の事実を認めて謝罪し損害を補償するよう要求し、東京地裁に訴えた。さらに2年後の1997年、細菌戦の被害者の遺族180人が代表訴訟を提訴し、同じく日本政府に謝罪と補償を求めた。ところが2007年5月、最高裁は七三一部隊の存在とその歴史的過程について一部認めたものの、両訴訟ともに損害賠償の支払いについては原告敗訴の結果に終わった。

しかし、裁判の過程で、中国人の被害者・研究者と日本人の加害者・研究者が東京地裁や東京高裁の法廷で証言し意見書を提出することによって、七三一細菌戦部隊の隠されてきた史実が次々と明らかになったのである。

原告の敗訴後、中国では細菌戦被害のある各地に細菌戦研究センターができ、活発に活動している。日本でもこの5年間に「NPO法人七三一部隊・細菌戦資料センター」、「『戦争と医の倫理』の検証を進める会」、「七三一細菌戦部隊の実態を明らかにする会」等が設立され、活発に活動してきている。

しかし、日本政府は、現在でも、七三一部隊での人体実験の事実、細菌戦により犠牲者が出た事実を認めていない。父たちのように、この部隊に直接関わった軍人や「満州国」関係者の自筆による供述書があり、裁判の中でもその存在と歴史的過程が明白になったにもかかわらずである。同様に、日本政府は、七三一部隊や細菌戦だけでなく、毒ガス戦・南京大虐殺・平頂山での大量虐殺の事実も認めていないのである。

Ⅷ．「三光作戦」

1．「三光作戦」の目的

1937年7月7日、日本軍は盧溝橋事件を契機に中国への全面侵略戦争を開始し、1年後には河北の主要地域を占領した。日本による中国全土への侵略が開始されると、中国では第2次国共合作が成立し、華北の共産党軍（八路軍）と華中の共産党軍（新四軍）は、日本軍の占領支配地域に抗日根拠地（解放区）を築いて周辺地域を解放していった。

抗日根拠地を中心に周辺の広大な地域に抗日ゲリラ地区が形成され、住民が武装して民兵（ゲリラ兵）となり、八路軍と住民とが結びついて遊撃戦（ゲリラ戦）を展開した。民兵は八路軍の予備軍の役割を果たし、多くの若い民兵が八路軍兵士となっていった。

このように中国共産党と八路軍が指導する抗日根拠地・抗日ゲリラ地区が拡大し、日本軍の軍事占領地が解放されていくことに危機感を募らせた北支那方面軍（※15）は、共産軍を壊滅させるために、１９３９年から周辺の民衆を含む解放区に対する「燼滅《じんめつ》掃討作戦(※16)」を本格的に展開していったのである。

「燼滅掃討作戦」とは、抗日根拠地・抗日ゲリラ地区に対して徹底して殺戮・掠奪・放火・破壊を行う作戦のことで、「殺し尽くす」、「奪い尽くす」、「焼き尽くす」ということから、八路軍は「三光作戦」と呼んだのである。日本軍は、八路軍・新四軍が指導する解放区やゲリラ地区を「敵地区」「敵性地区」と一方的に断定し、そこでは民衆も含めて何をやっても構わない、戦時国際法の適用等考慮する必要もない、手段を選ぶ必要もない、と指示した。

日本軍がこの「三光作戦」を継続・強化していった背景には、別な理由もあった。

１９４１年12月8日、アジア太平洋戦争（当時の名称は「大東亜戦争」）を開始した日本は、拡大していく財政支出と戦費を捻出するために、華北に対して、食糧、資源、労働力を収奪して日本軍に供出させる総兵站基地という役割を課したからである。

これを受けて、１９４２年2月25日、26日、北支那方面軍は隷下各兵団の参謀長会を開催し、次のような年度計画の大綱を示達している。

第一、方針　国軍の総兵站基地たるの使命完遂に努める。

第二、要領

一、本年度においては、河北省の大部ならびに山西、山東各省及び蒙彊地方の要域を治安地区に転換するよう努める。
二、治安の粛清は剿共(※17)を主とする作戦等に重点を置き……(中略)、
四、大東亜戦争の完遂のため、北支が戦力培養補給の支撐《しとう》たるべき地位にあることに鑑み、緊急施策として特に食糧問題の解決、金融経済等の安定を重視する。

八路軍が「三光政策」と名付けた日本軍側の作戦とは、実際にはどういうものだったのだろうか。

それは1940年後半頃から始まり、1942~43年頃絶頂に達する、共産軍の根拠地に対する徹底的な燼滅作戦、掃蕩作戦である。北支那方面軍の八路軍に対する認識を一変させたのが、1940年8月と9月の「百団大戦」であり、この八路軍の攻勢で日本軍は大きな被害を受けたため、1940年10月から11月にかけて、華北、山西、察哈爾境の共産党根拠地に対し、大々的な粛正作戦を実施したのである。

そして1942年度になると、方面軍の封鎖政策は一層強化された。解放区の周辺に遮断壕による封鎖線を張り巡らせ、さらに長城線沿い等に大規模な無住地帯の設定を命じた。この莫大な労働力を必要とする封鎖線の構成や無住地帯の設定が、民衆に塗炭の苦しみを与え、三光政策の名で呼ばれることになったのである。

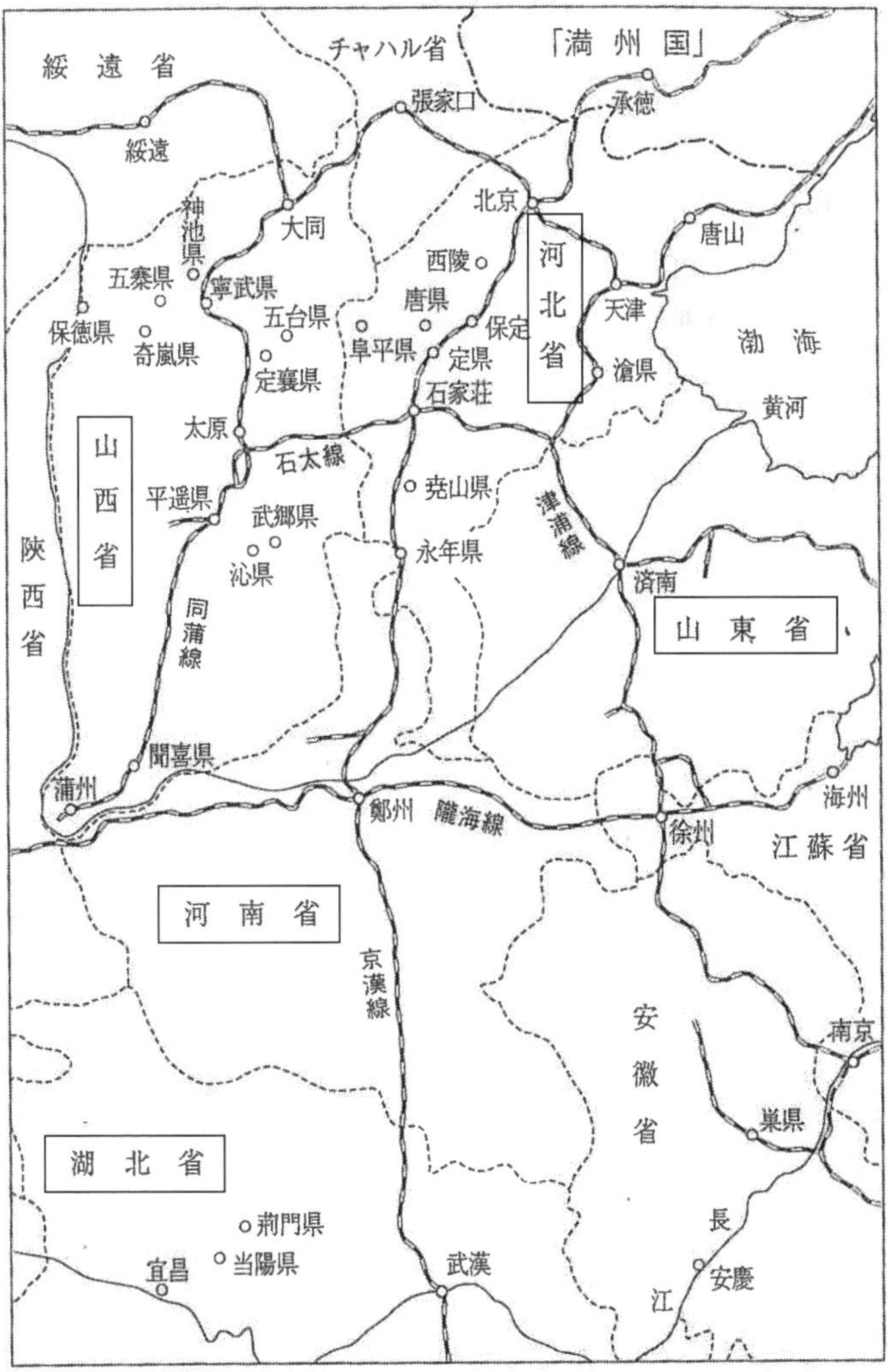
綏遠省
チャハル省
「満州国」
張家口
承徳
綏遠
北京
神池県
大同
唐山
河北省
西陵
五寨県
寧武県
唐県
天津
保徳県
五台県
保定
渤海
奇嵐県
阜平県
定県
滄県
定襄県
石家荘
黄河
太原
山西省
石太線
堯山県
平遥県
津浦線
武郷県
陝西省
永年県
沁県
済南
山東省
同蒲線
聞喜県
蒲州
海州
鄭州
隴海線
徐州
江蘇省
河南省
京漢線
安徽省
南京
巣県
湖北省
長江
荊門県
宜昌
当陽県
武漢
安慶

華北地図（日中戦争期）

華北の山東省・河北省・河南省・山西省の4省と隣の湖北省は次の地図の場所に位置し、この地で行われたこの掃討作戦の構成は次のとおりであった。

第39師団　師団長・佐々真之助　第232連隊本部付経理　鵜野晋太郎
第59師団　師団長・藤田茂
第53旅団長・上坂勝
第54旅団長・長島勤
第117師団　師団長・鈴木啓久
独立混成第3旅団第7大隊付菊地修一、第9大隊長相楽圭二、独立混成第4旅団第13大隊教育主任・住岡義一

撫順及び太原戦犯管理所にいた日本人戦犯のうち、現に「三光作戦」に関わった前犯10名の自筆供述書には、作戦に加わった将校たちの生々しい証言が記載されている。
以下、その自筆供述書の証言に沿って、「三光作戦」の実態を見ていくことにする。

2．山東省における作戦

藤田茂は、1945年3月、山東省を拠点にして「三光作戦」を展開していた第59師団の師団長に就任し、上坂勝歩兵第53旅団長・長島勤歩兵第54旅団長と共に、この「三光作戦」を最後まで指揮した。藤田茂は、1945年4月、「山東省に於ける共産党軍を殲滅し、日本軍侵略地を確保すること」を目的とするため、次のような秀岺第1号作戦を命令した（藤田茂供述書）。

一、本作戦に於いて八路軍に対し徹底的に殲滅を期すべし
八路軍の其根拠地を覆滅し、其利用さるべき一切の物件施設は根底より壊滅し、或いは押収すべし。また根拠地にある住民に対して凡て八路軍に協力せるものと見做し処断すべし

二、各大隊は挺身斬込隊を編成し、八路軍攻撃に利用すべし

三、資源たるべき物資または糧食は凡て押収し数量大なるときは速やかに報告すべし

四、俘虜は殺害し「戦果」として計上すべし

五、瓦斯《がす》使用の権限を各大隊長に附与す

このように、村落や施設の徹底的な破壊と、住民・俘虜まで全て殺戮の対象とする殲滅と、軍による資源や食糧の収奪が指示された。また中国人に偽装した斬込隊の使用や毒ガス使用についても指示がなされている。

山東省における「三光作戦」の狙いは、前述したとおり共産党軍の殲滅の他、豊富な綿花や食料資源を収奪する目的と、満州の産業開発のため労働力を強制的に収奪する目的があった。そのため、農業を主とした綿花の産地でもある山東省においては、部落の掃討作戦により、収穫期には抗日根拠地やゲリラ地区の農村から綿花や食料の収奪が行われた。そして農民が避難逃亡した農家から収穫された綿花を、北支那開発株式会社の社員が大勢の苦力を使って会社の車で搬出した。

さらに、1942年11月、日本の政府と軍部は、閣議決定により中国人強制連行政策を決定した。そのために、北支那方面軍の治安掃蕩作戦の目的のひとつが労工狩りとなったのである。北支那方面軍が華北に設立させた「華北労工協会」が「斡旋」する形式をとって、治安掃蕩作戦で「鹵獲《ろかく》」した捕虜、投降兵、農民、労働者を集中営（収容所）に集めて「所定の訓練」を施した後、「満州国」や日本へ強制連行した。

「兎狩り作戦」と称した農民狩りや労工狩りは第12軍が山東省で行った作戦で、一大隊規模の兵隊が村を大包囲し、家から飛び出し逃げ出した農民を村の中心部へ向かって追い詰め、成年男子を捕縛・拉致して強制連行し、満州等の各地の鉱山に労働力として送り込んだ。一部は日本にまで強制連行され、日本の鉱山等で過酷な労働を強いられたのである。

3．河北省での作戦

河北省で「三光作戦」を実際に指揮した鈴木啓久の供述書は、
一、歩兵第28聯隊附の時の罪行
二、第7師団副官の時の罪行
三、独立守備歩兵第12大隊長の時の罪行
四、歩兵第67聯隊長の時の罪行
の4編がある。その中には次のような内容が記述されている。

1941年10月に北支那方面軍直属の第27歩兵団長となった私は、河北省の滄《そう》県や唐山《とうざん》県において日本軍による治安維持の任務に当たっていた。私は部下に対して「治安維持とは当方面に於いては剿共《そうきょう》を以て根源とする。剿共なくして治安維持は達成せられない」と指示し、民衆を含めた共産党勢力の殲滅を謀った。共産党軍の八路軍・新四軍が指導する解放区やゲリラ地区では、民衆も含めて何をやってもかまわない、共産主義という「悪」を根絶・絶滅するのに手段を選ぶ必要がないとして、軍・民に対する大規模な皆殺し作戦すなわち「三光作戦」を実行した。

抗日根拠地・抗日ゲリラ地区では女性も惨殺の対象とされ、「どうせ殺すのだから何をやってもかまわない」として、強姦殺害、集団による輪姦殺害、さらには女性の身体を猟奇的に殺傷する残虐行為まで多発した。そして、華北に拡がりつつあった抗日根拠地を壊滅させるために、北支那方面軍は区域一体の住民を強制移民させ、元の村々を焼き払い、抵抗する住民を殺害して「無住地帯(※18)」を設定し、第27師団歩兵団長だった当時、私は域内の住民10万人を強制移住させ、1万数千戸を焼き払った。

さらに、1941年12月、鈴木啓久第27歩兵団長は、「目的を達成するためには如何なる手段をも選ぶことがないのであります」として、以下の命令を下したとも供述している。

イ　八路軍は徹底的に殲滅すべし

ロ　八路軍に属する愛国工作員、通信員、または八路軍との通謀者は悉《ことごと》く剿滅《そうめつ》すべし

ト　八路軍の利用し得る所の住民を悉く追い払い無住地帯となすべし

4．長江流域における作戦

第39師団長の佐々真之助は、国民党系の抗日根拠地や抗日ゲリラの掃討作戦に従事したが、「アジア太平洋戦争の長期化に伴って、農業生地の豊かな長江下流域すなわち江南における資源の収奪が「三光作戦」の主要な目的であった」と供述書に詳しく書いている。佐々は、米の流通統制と軍用米の収奪、桐油・綿花の強制買収等、日本軍の「兵站基地」としての資源、糧食を収奪するため、治安掃蕩作戦を行った、と供述している。

5．山西省における作戦

山西省は鉱物資源に恵まれ､品質も優良で､鉄鉱石を省内の各地から多く産し､さらに銅、石炭、硫黄、ボーキサイト、岩塩等の重要鉱物資源を有している。山西省を軍事占領した日本は、太原にあった中国の製鉄所を接収して太原製鉄工場と名付け、国策会社の山西産業株式会社に製鉄生産を運営させた。同じく陽泉の製鉄工場は大倉財閥系列の大倉鋼業株式会社に操業を行わせた。これらの鉱物資源を運び出すために、国策会社の華北交通株式会社に鉄道網の整備と経営をさせた。

1942年以降のアジア太平洋戦争期に入ると、山西省の鉱物資源の収奪・輸送はますます重要となり、それらを確保するために、抗日根拠地や抗日ゲリラ地区に対する徹底した掃討作戦を繰り返したのである。

6. 毒ガス戦の村――河北省定県北疃《たん》村

日本軍は広範な地域で毒ガスを使用したことが今日では明らかになっているが、代表的なケースとして、河北省定県北疃《たん》村のケースがある。1942年5月から6月にかけて実施された冀中《きちゅう》作戦において、5月27日、北疃村への掃討戦を実施したが、その際、住民たちが避難した地下道に毒ガスを投入して約1000名を殺害した。

この時の連隊長が上坂勝で、その後第59師団歩兵第53旅団長となった上坂は、「各大隊に毒ガス赤筒、緑筒を与え、特に地下壕の戦闘に之を使用して其用法を実験し、作戦終了後所見を提出すべきことを命じた」「地下壕内に毒ガス赤筒、緑筒を投入して窒息せしめ、或は苦痛のため飛び出す住民を射殺・刺殺・惨殺する等の残虐行為に及んだ」と供述している。

上坂はこの毒ガス使用について、「八路軍の地下戦闘に悩まされ窮余の一策として実験の名目で実施した。地下壕内に避難せる八路軍戦士や住民の大量殺害を企図した」と供述している。

冀中作戦は、アジア太平洋戦争期の「北支の兵站《へいたん》基地化」の戦略目標のために、抗日根拠地を根絶やしにしようとしたものであり、毒ガスを用いた村民の殺戮や村の破壊、強奪が、軍命令によって公然と大々的に行われたのである。

7. 実施された細菌戦

1942年9月中旬、五台県蘇子坡《そしは》に細菌を（細菌を植え付けた鼠2匹を放った）撒布せしめ、罹病住民12名と死亡者3名を出し、部下に焼却させた（菊池修一供述書）。ここで放たれた鼠は日本軍によりペスト菌に感染させられた鼠であった可能性が高い。

1942年2月下旬、独立歩兵第8大隊本部医務室の軍医以下約10名は、隊員がチフス菌とコレラ菌を撒布するのを援護し、医務室の人員が民家で碗、箸、庖丁、麺板、机其他の食器類に細菌を塗り付けたり飲料水の入った水瓶に細菌を投入し、或いは村内にある井戸と附近の小川に細菌を投入する行為を援護した（住岡義一供述書）。

また、第59師団長であった藤田茂は、1945年5月末から6月にかけて実施された秀岺第1号作戦の中で、「将来米軍の進攻に対し防疫給水班をして『コレラ菌』を以てする細菌戦実施を企図し、部下に対してその準備をしておくよう命令した」と供述している（藤田茂供述書）。

8. 慰安所の設置

鈴木啓久は第15師団歩兵第67連隊長であった1941年、南京近隣の巣県《そう》で「慰安所」を設置させ、「中国人民及朝鮮人民婦女20名を誘拐して慰安婦となさしめた」と供述している（『中国侵略の証言者たち』）。

さらにまた、第27歩兵団長として河北省に駐屯していた1941年末から45年にかけて、「日本軍の蟠踞《ばんきょ》地に、私は所謂慰安所の設置を命じ、中国並みに朝鮮人民の婦女を誘拐して、所謂慰安婦となしたのでありまして、其の婦女の数は約60名(で)あります」とも供述している(同前)。

また、第39師団長であった佐々真之助は、師団が駐屯していた湖北省当陽には「日本人経営の慰安所が従前より設けられていた」ことと、「師団がこの経営を支援した」と述べている。

「1943年1月中旬より同年3月下旬頃、私は部下の森軍曹に命じ、兵力を以て（中略）合計7名の婦人を拉致してきて、分遣隊前の家屋内に拘置して、これを隊の慰安所とし1月より3月の間、部下をして自由にここに行って強姦させた」（住岡義一供述書）。

慰安所の設置は、次のとおり、山西省に残留した部隊では戦後にも及んでいた。

（1948年）3月下旬、教道や総隊用としての慰安所の設立を今村方策に建議し、従来、第6師団の経営していた大南門の慰安所を白麺約百袋を以て譲り受け、これを修理せしめ、司令部に於いて経営せしめた。慰安婦は中国女性6名であった。その他司令部の上級幹部用としての太原市精営中街の宿舎を獲得し、慰安所とした。この慰安所『春雨』の家屋を獲得して経営したことは、残留日本人を堕落の道に追い込んだが、一方で一般隊員と各団の司令部に対する不満を押さえ、または緩和した（菊地修一供述書）。

（1942年）2月上旬、（山西省）保徳《ほとく》県橋頭《きょうとう》村で結婚式中の19歳位の中国女性1名を逮捕させ、爾後私はここは完全な敵地区だし、中国女性の1人くらい強姦したって誰がしたか分る訳でもないと考え、翌日（中略）橋頭村の東北端民家に連れて来させて強姦し、爾後橋頭村で釈放した（菊地修一供述書）。

このように、兵士自身にも敵地区ならば犯罪的な行為をしても告発されないという考えがあり、作戦を指揮する側もそのような犯罪行為を許容する指示を出していた。兵士は強姦した相手の女性を殺害することが多かったため、自分さえ黙っていれば、告発される可能性も高くないと考えていたのである。

9. 俘虜の殺害

藤田茂は、第20師団騎兵第28連隊長時代の1939年1月、部下の将校たちに、「兵を戦場に慣れしむるためには殺人が早い方法であり、即ち度胸試しである。之には俘虜（捕虜）を使用すればよい」、「此には銃殺より刺殺が効果的である」と教育した。そして第59師団長在任中（1945年3月～8月）、山東省済南で600名以上の捕虜をそのような目的に使用して虐殺したと供述している。

また、捕虜を毒ガスの実験材料として使ったとの供述もある。「俘虜2名を瓦斯室に入れて瓦斯効力試験に使い、また師団軍医部が俘虜4名を瓦斯室に入れて瓦斯効力試験を行って虐待し、共に殺害しました」（1945年1月の湖北省当陽県で佐々真之助の供述書）。

このように、華北省では、民衆を含めた「解放区」を殲滅するために抗日根拠地の村落や施設の徹底的な破壊、住民・俘虜のすべてを殺戮の対象とする殲滅と、食糧や資源、労働力の収奪が実行されたのである。

また、中国人に偽装した斬込隊や、毒ガスの使用についても指示がなされていた。

これらの全ては明らかに国際人道法に反する行為であったが、日本軍は率先してこうした作戦を遂行し、強化していったのである。

10．鈴木啓久の回想記（季刊『中帰連』より）

なお、鈴木氏は、戦後の戦犯管理所時代、「三光作戦」について、次のような回想記を書いている。

「無住地帯」元117師団師団長 中将 鈴木啓久

毎日のように剔抉《てっけつ》の成果を報ずる報告は、歩兵団長の机の上に堆高く積まれるのであった。この報告の1つひとつは、わたくしの功績として極めて満足感を持って読んだものである。だが、この報告書の1枚1枚は、わたくしの重い罪が盛られており、その報告書の積み重なった山こそは、わたくしの滔天《とうてん》の罪を積んだ堆高い山であった。

歩兵団がこの冀東《きとう》地区に「無住地帯」の命令を下してから僅か20日の間に、約640平方キロの土地が、中国農民から強奪され、約10万人の中国人民が、寒さと飢餓のみが待つ露頭に放り出され、1万数千個の中国人の家は焼き払われ、日本鬼子共のこの蛮行に対し抗議した約200人の中国人民は、憤怒のまなじりを決して日本鬼子をにらみながら、むごたらしく屠殺されてしまったのだ。

わたしはこのような残虐、非道な弾圧を次から次へとやったのである。しかし、中国人民は少しもひるまなかった。１人の通信員を捉えれば２人となり、２人の工作員を処分すれば次には４人となり、あちらを弾圧すれば、またこちらが反抗するというふうに、何か強い紐ででも締め付けられるような中国人民の不屈な闘争は私をしていらいらさせた。

この不気味な威力こそは、不屈な、何ものをもってしても抑えることの出来ない、中国人民の日本帝国主義を打倒しようとする力であり、……日本帝国主義軍隊がどんな手段や方法を尽くそうとも歴史の進展を逆行せしめることができない。……

日本帝国主義軍隊は、中国人民の『無住地帯』を作ることはできなかった。

11．「三光作戦」による被害（『中国侵略の証言者たち』より）

華北で展開されたこうした「三光作戦」が、どのくらいの被害をもたらしたのか。戦後間もない中国側の統計によれば、華北の５つの抗日根拠地は日中戦争の８年間、民間人だけで、日本軍によって直接間接に殺害された者が２８７万７３０６人、傷害者が３１９万４７６６人、拉致連行された者が２５２万６３５０人、強姦され性病を移された者が62万３８８人、慢性的病気を患った者が４８２万59人で、死傷者・疾病者・障害者の合計１４０３万８８６９人に上ったとされている。これは当時の総人口の７分の１近くに相当する。

また、華北での日本軍の毒ガス使用は、１９３７年７月から１９４５年10月までの間に、華北各省・市の計239県で1000回に及び、軍人ばかりでなく民衆にも死傷者が出た。

日本軍の華北での細菌戦は、日中戦争以後8年間で、70回以上細菌兵器を使用したと推定され、華北の軍人・民間人47万人以上が細菌に感染して死亡した。

さらにまた、強制連行・労働では、1934年から1945年にかけて、華北から華北以外に送られた労働者は1000万人近くに上った(「満州国」が780万余人、蒙疆地区が32万余人、華中が約6万人、日本本土が3万5778人、朝鮮が1815人等)とされている。

Ⅸ．父の行った戦争犯罪

1．晩年の父

東京オリンピックの開かれた１９６４年（昭和39年）の秋、父の職場が文京区駒込に移ったため、私たちは閑静な住宅街にある駒込の社宅に住むことになった。その頃、三男正徳は東大で英文学の大学院に、私は文学部社会学科で学んでいた。

父の仕事は、独身男性の住む公団住宅を管理する仕事で、話し好きな父はよく住人の若い人と話し込み、身の上相談に乗ったりして色々と世話を焼いていた。母も住んでいる独身者の病気の時等お粥を作ってあげたりして住人に慕われ、夫婦そろって活き活きと働いていた。

父は、折があると、正徳兄や私を相手に、中国でのことを語っていた。

授業が休講となったある日、私は、久しぶりに早く帰れたので、父のいる事務所に寄り、ゆっくりとお茶を飲んでいた。父はすっかり喜んで、いろいろと中国での話をしてくれたが、何故かその時、私は「また始まった」と思い、父に反論したくなった。

そこで私が「日本は憲法9条があるから、今後、日本が戦争をすることは絶対にないと思うよ。お父さんの言う事は明治憲法時代のことよ」と言い放った。

この時、父は、私を諭すように、自分の体験をじっくりと語り始めた。


——父が軍人になってまもない頃、突然、満州事変が起こった。当時、国民の誰もがこのような戦争がいきなり起きるとは思っていなかったし、父たちも、中国側が突然鉄道を爆破して日本に戦争を仕掛けてきたと教えられた。そして、国はその後に続いた戦争も「自衛のためだ」と宣伝した。

ところが、実は満州事変は関東軍が鉄道爆破をしかけて戦争に突き進んだものであり、この戦争は終るどころか15年も続き、父はそのあいだずっと日中戦争にかかわることになった。

父が1943年夏に満州の憲兵隊司令部勤務になった時、既に満州では軍の食糧も物資も乏しい状況になっていた。そのために、日本軍はどんどん中国人から食料や物資を強制的に供出させる手段を執ったが、それでも間に合わず、本国から徴用された兵隊たちは食糧も十分に与えられず、戦地で中国人の食糧や物資を奪って空腹を満たす状況だった。そのために、ますます中国人の民衆の日本軍への反感が増していき、日本軍の戦局悪化に繋がっていった——

「戦争はアッという間に起こり、起こったら誰も止められない。それが、戦争というものだ」

「どんな真面目な人間でも、戦地では平然と人を殺し他人の物資を奪い女を見れば強姦する」

「戦局が不利になると、指揮官も兵隊もますます狂っていく。強気一辺倒になる。今思えば、お父さんもそうだった」


戦争を実際に指揮した父の言葉には、得も言われぬ迫力があった。

しかし、その頃の私は、そうは言っても、憲法9条を持つ日本が戦争に巻き込まれることは有り得ない、と思っていた。

アジア太平洋戦争で死亡した戦没者の数は約212万人で、その内の60%の127万人が餓死ないしは病死者であると言われている。日本軍は闘う兵隊たちの糧食等も十分に用意せず住民から現地調達するよう命じていたが、戦闘の形勢が衰え始めた1942年の後半以降、調達が極めて困難となり、餓死者や病死者が頻発したという（『餓死した英霊たち』藤原彰著、青木書店）。

当時、日本はまさに高度成長の真っ只中に向かう状況にあり、旧満州国の元高官や軍人たちは、まるで日中戦争等とはかかわりがなかったかのように、政界や実業界で活躍していた。

こうした世相を見るにつけ、私は、内心で、父や島村さんに対する尊敬を深めていった。

1966年の春、私は大学を卒業し、家庭裁判所調査官として東京家庭裁判所に就職した。そして1969年3月、高校時代の同級生で中国哲学を専攻する大学院生の夫倫厚と結婚し、実家の近くの小さなアパートに住み、1年後の1970年3月、長女敦子を出産した。

その頃は、東大医学部から始まった学内紛争が全国に飛び火して、1960年代の大学紛争の幕開けの頃だった。長女の出産直後、私は調査官研修所に入所し、夫はアルバイトをしながら東大の大学院に通っていた。長女は逆子で生まれたため斜頸となり、夫は毎日生後2か月の長女を抱いて東大病院の整形外科に通ってくれた。ちょうど東大紛争が激しかった頃で、「敦子を抱いて大学の構内を歩いていると、ちょっと危険を感じるんだよね」とよく夫は話していた。

父は、孫の敦子を大層可愛がり、ヨチヨチ歩くようになるとよく手を引いて散歩に連れて行ってくれた。その頃、マイク真木の「バラが咲いた」という歌が流行っていた。

バラが咲いた　バラが咲いた　真っ赤なバラが
淋しかった僕の庭にバラが咲いた……
たった一つ咲いたバラ
小さなバラで　淋しかった僕の庭が明るくなった

父や母はこの歌詞の一節を「寂しかったアッコちゃんのお庭にバラが咲いた」と替えて、敦子によく歌って聞かせた。

ある日、散歩から帰った敦子が、突然、父と同じ調子っぱずれの節まわしで、この歌を歌い出し、母と私はゲラゲラ笑った。


父は、孫たちを目に入れても痛くない程に可愛がった。小・中学生の孫のそれぞれに、学期末には「お利口賞」と書いた封筒に手紙とお小遣いを入れて送り、そのお返しに孫たちは学期の反省を手紙に書いて父に送っていた。父の教育熱心はこの頃も健在だった。

一方、母は年を重ねるにつれ、病気がちになっていった。好きなテレビドラマや森進一の唄を聞いて感激し、デパートのバーゲンで堀出し物を見つけて買って帰るや、家で自慢していた。母は、生涯、こうしたつつましい生活に満足して、子供や孫に無償の愛を注いでくれた。

引揚げ後の無理がたたったのか、母は60歳頃に心臓病を患い、それが元で病気がちになり、65歳で他界した。

父は、母の早い死を悲しみ、母の死亡と同時に仕事を辞めて、千葉県の習志野に住む長男一家と同居した。

孫と一緒に遊ぶ父（1971 年、東京）

その頃、私の夫が札幌の北海道大学に就職が決まり単身赴任したため、私は共働きのまま赤羽の公団住宅に住んで2人の幼な子を育てていた。

父はそうした私を見かねたのか、週日、我が家に泊まり込んで家事を手伝ってくれた。保育園の送り迎えを引き受け、毎朝、2歳の長男の手を引いて保育園へ向かう坂道を上って行った。

夕方、私が仕事から帰ると、別居中に生まれた3番目の子の洗濯物のオムツが綺麗に畳まれて置いてある。電気釜の中は直ぐにご飯が炊けるようになっていた。自分の昼食のうどんを多めに作ってお腹を空かせて保育園から帰った孫とその友たちにおやつ代わりに食べさせてくれ、子供たちは「おじいちゃんのツルツル（うどん）が美味しかった！」と満足そうに報告した。

夜になると、父と私は2人で毎晩晩酌をした。この頃の晩酌の話題は若い頃の母のことが多かった。

父は「お母さんはね、若い頃とても綺麗だったんだよ」「お母さんは恥ずかしがり屋の内弁慶だったけど、とても意思が強くて辛抱強かった」などと、目を細めながら話していた。そうした父を見て、私は父が母に心底惚れていたことを初めて知った。母の生前は、いつも母に威張ってばかりいて、優しい言葉など掛けたこともなかったのに……。

この頃ほど、私は父親の存在の有り難さを、強く実感したことはない。


こうした生活を送って2年が過ぎた1976年4月、私はとうとう仕事を辞めて3人の子供と共に北海道に渡ることにした。父は非常に寂しがり、別れを惜しんだ。

1979年10月、私が36歳で司法試験の最終試験に合格した時、父は「お母さんが生きていたらどんなに喜んだことか！」としきりに言い、喜んでくれた。

父は人生の最後を福岡に住む次男隆の家で過ごし、恩師の孫娘で息子の嫁の祥子さんのお世話を受け、感謝しながら元気に暮らしていた。

1987年（昭和62年）の1月4日の朝、突然、福岡の次男隆から電話があった。「お父さんがしきりに秀子に会いたがっている。こちらにすぐ来るように」とのことだった。私は取るものもとりあえず、福岡に向かった。

父はかなり衰弱していたが、私が行くと起き上がり、待ち構えていたように話し始めた。「秀子ねえ、お父さんもそろそろもうお迎えが来ているような気がする。そこで遺言書のことなんだが……」と切り出した。当時、私は弁護士になって間もない頃で「遺言書」という言葉を聞いて条件反射のように財産のことが頭に浮かんだ。

「お父さん、ウチみたいな何の財産もない家では遺言書なんか書く必要ないと思うよ。書きたかったら、お父さんが私たちにどうしても言っておきたいことを書いたら？」とそっけなく言った。

父は「そうか……」と拍子抜けしたように言い、そのまま横になった。

その夜は、久しぶりに父も元気で上機嫌とのことで、皆と一緒の食卓を囲んだ。

翌日の1月5日、父は一日中、ベッドの中にいた。そして、夜になると痰が喉に詰まりそうだと言って兄と祥子さんはひっきりなしに父の痰をとっていた。日頃介護をしたことのない娘の私は、どうしていいか分らず、傍らで小間使いをした。

5日の夜から6日の夜半まで同じ様態が続き、兄と祥子さんに休んでもらうため、私が父の脇に寝て見守ることにした。

しばらく経った頃、父がいきなりカッと目を見開いて、両手を伸ばし何かを追い払うような動作をし始めた。私は心配になり、「お父さんどうしたの？」と何回も尋ねたが、父は私の方を向いても何も答えず、また同じ動作を繰り返している。私は父のその真剣な様子を見て怖くなり、くるりと父に背を向けた。その途端、前日からの疲れが出たのかそのまま寝入ってしまったのである。
1時間も経っただろうか。6日の早朝、祥子さんの「秀子ちゃん、大変！　お父さんが亡くなった！」という声で目を覚ました。私が父の傍に居ながら眠ってしまったことを深く恥じた。

その日、父の遺言書が見つかった。

子供たちよ、ありがとう。
日本に帰ってからの私の人生は、本当に幸せでした。
兄弟仲良く過ごしなさい。
絶対に戦争を起こさないように、日中友好のために、力を尽くしなさい。
父より

インクの滲んだ手書きの文字で綴られていた。
父はこの遺言書を残して、1987年1月6日、85歳で逝った。

2. 父の行った戦争犯罪

私が父の行った戦争犯罪を初めて知ることになったのは、２０１０年6月のことである。その頃、私は友人と一緒に中国を訪ねる旅を企画していた。そこへ、「撫順の奇蹟を受け継ぐ会」という「中帰連」の解散後にできた市民団体の方から、「近く中国の撫順の元戦犯管理所（現在の「撫順戦犯管理所旧址陳列館」）で創立60周年記念祝典が行われるので参加しませんか」とお誘いを受けたのである。私たち兄妹は、いつか、一緒に、必ず、父のいた戦犯管理所を訪ねてみようと話し合ったことがあった。そこですぐ、私は姉と兄たちに連絡した。三男の正徳は大学の授業のため参加できなかったが、姉と長男宏道も、急遽、その祝典に参加することになったのである。一緒に旅をする友人たちも、私たちと一緒に撫順の戦犯管理所の祝典に同行してくれることになった。

２０１０年6月下旬のある日、夏の太陽がジリジリと照りつける暑い中、撫順の戦犯管理所の広い庭で創立60周年の式典が行われた。

祝典が終って建物に入ると、建物の中には日本人戦犯たちが１９５０年にここに来てからの生活の様子と、日中戦争時代の日本軍の行った蛮行が写真や画像、文章で展示されていた。ソ

特別軍事法廷での父（1956年、夏）

連から中国に移された直後の父の写真もあり、父たち45名が特別軍事法廷で裁判を受けた時の起訴状もパソコンの画面で見られるようになっていた。

私は何気なく、パソコンで父の起訴状を開いた。その瞬間、私は身体中から血の気が引き、凍りついてしまうような、立っていられない程のショックを受けた。

父の起訴状には、「上坪鉄一は七三一部隊に中国人22名を送った」事実が書かれていたからである。

――あの真面目で愛情深い父が、あの非人道極まりない七三一部隊に、中国の抗日運動家を22名も送っていたとは……‼

中国から帰国した後は、家族のために一所懸命働き、子や孫にあり余るほどの愛情を注いでくれたあの父が、軍人時代、あの凄惨な生体実験に、こんなにも多くの中国の方々を送っていたとは――。

私は自分の心がバラバラに張り裂け、感情が凍りついていくような気がした。

私たち兄妹3人は言葉も交わさず、無言のままだった。

兄と姉は、父が七三一部隊に関係していた事実を、既に知っていたようにも見えた。しかし、私はその時、そのことを兄姉に問い質す気になれなかった。

その日、兄は仕事の都合で東京に帰ることになり、私と姉と友人たちは私の生まれた新京（現在の長春）を経由してハルピンに行き、七三一部隊記念館を訪ねた。

七三一部隊のあった建物の跡は、ボイラー棟の一部だけが昔のままの姿で残っていた。昔のままを模して造られた建物の中に入ると、当時の状況が展示・解説がなされていた。中を見学していくうちに、段々、私の右脚はまるで「丸太」のように突っ立って屈伸できなくなり、記念館を出た後は歩けなくなったのである。

私は、そのままハルピンのホテルに戻り、大連から札幌行の飛行機（週に2回しか札幌行は飛んでいなかった）が飛ぶ日まで、ずっとそのホテルで寝たきりになってしまった。

4日後、大連から札幌行きの飛行機に乗り、札幌に着くと直ぐ、私は腰の手術を受けることになったのである。

それからしばらくして、私の腰の手術も無事終わってリハビリも順調に進んでいた頃、私は、意を決して、京都の姉に電話を入れた。

父が七三一部隊に関与していたことを知っていたかどうか、どうしても確認したかったのである。なぜ、私だけが知らなかったのか。

姉は次の事実を語ってくれた。

私が北海道に渡ってからの昭和53年（1978年）の夏、次男隆がチーフとなってRKB毎日放送（福岡）制作の夏の特別番組「戦犯たちの中国再訪の旅」という番組が作られた。その番組の中で、父を含む元戦犯7名は、日中戦争で日本軍が凄惨な行為を行った場所・裁判を受けた特別軍事法廷・撫順の戦犯管理所・七三一部隊等の跡を訪ねた。

ところが、七三一部隊を訪ねた時、父が、突然、眼を潤ませて、自分は22名の中国人を七三一部隊に送ったと懺悔し始めた。姉も放映されたその番組を見て初めて父が七三一部隊にそんなに多くの中国人を送っていた事実を知ったと言う。その番組を製作した隆自身、その時初めてこの事実を知り、言葉を失う程の衝撃を受けたと語っていた、とのことだった。

「隆ちゃんはその番組のビデオを兄妹全員に送ったと言ってたけど……」と、姉は私がその番組を見ていないことを知って、怪訝そうに言った。

そうだったのか！

確かにその頃、東京で暮らしていた父が戦犯として中国に行き、隆がそれに同行して番組を作ったという事は私も聞いていた。

しかし、昭和53年の夏は、私が3人の幼児を抱えて司法試験の勉強に必死になっていた時期である。私は昭和54年の秋、司法試験に合格した。そのため、その前年の昭和53年8月頃は、翌年の春から始まる司法試験の勉強に最も集中していた時期であり、兄の番組のビデオを送ってもらってもそれを見る余裕などなかったに違いない。

姉に電話して、やっと私は、自分だけが父の具体的な罪行を知らなかった理由が理解できたのである。

この後も、私は父と七三一部隊との関係について、一切誰にも話すことはなかった。

暫くの月日が経ち、私の心も落ち着きを取り戻した頃、姉が送ってくれた「戦犯たちの中国再訪の旅」のビデオを見た。

以下、その番組の内容である。


父たち戦犯7名を含む訪中団は、1978年7月中国を再訪し、遼東半島の付け根にある大石橋の万人坑(※19)、撫順に近い平頂山事件の記念館(※20)、撫順戦犯管理所、特別軍事法廷の跡等を訪ね、最後に七三一部隊の跡地を訪ねている。一行が七三一部隊跡地を見学した後、中国の関係者と訪中団との懇談会が持たれたその席で、突然、父が次のように語りだしたのである。

「私は当時、関東憲兵隊の司令官の命令によりまして、それまで工作しておりました中国人百数十名を検挙しました。関東軍が少なくなった後の治安の維持のため、検挙を命じたわけで、厳重な拷問・取調べの後、私はそのうちの22名を石井部隊・七三一部隊に送るよう決定しました。そして、さっきのお話しにありましたとおり、その22名を『マルタ』と決めて、夜遅い汽車に乗せ、本人たちの顔が判らないようにして、厳重な警戒をしながらハルピンに送らせました。私のこの罪は当然極刑に処されるであろうことを覚悟して、私は軍事法廷に参りました。しかし、私は禁錮12年に処すという判決を受けました。

今、私は刑を終わりましたが、私が殺した中国人22名の方々は帰って来ません」

こう言って父は嗚咽した。涙が止めどもなく溢れ出ていた。その傍にいた隆も、語られた内容が自らの罪であるかのように、唇を噛んで俯いている。その後、父と隆は、七三一部隊のボイラー跡に向かう。このボイラーは、人体実験に使われた中国人の遺体を焼いた焼却炉の跡である。このボイラーの前で父は隆に語り始める。

「この20年間、何とかしてもう一度（中国に）行って中国の人たちにお詫びをし、その人たちの御霊を慰めたいというのが念願だった。今、ようやく、それが叶えられた」

「私が12年の刑を終えても、この22名の人たちは帰ってこない。このことがいつも私を苦しめてるんじゃ。いくら軍の命令と言ってもね、人殺しは絶対にしちゃいかん。これは儂の戦争の体験からにじみ出たことだ。

『人殺しだけはやっちゃいかん』。これが我が家の家訓だ。お前や宏道、正徳は良く分っとるだろうけれども、お前たちの子供にも話してね。永遠に守るように話してやってもらいたいんだよ」

父は隆の肩に手を当て哀願するように語っている。その顔は涙でクチャクチャだった。

この七三一部隊のことは、家族にもあまり話していない父だった。しかし、この七三一部隊の跡地に身を置いて、父にはどうしようもない悔恨が噴き出してきたのだろう。傍らに居た隆も、それを聞いて俯いたまま、動かなかった。

隆は、新聞記事の中で、その時のことを次のように語っている。

「今度の取材でハルピン郊外の石井部隊の跡を実際に見聞きでき、特ダネになったのですが、革命委員会の人たちとの懇談の席上、父が突然『実は私は……』と告白を始めたのです。私は度を失って椅子に座りこんでしまい、逆に被写体として取材される側になってしまいました」（『毎日新聞』１９７８年8月11日）

3．父の供述書

その年の冬、一緒に撫順の戦犯管理所60周年の式典に参加した有識者の方から、父が戦犯管理所にいた頃書いた自筆の供述書を送って戴いた。

しかし、私は怖くてどうしてもその供述書を紐解く勇気がなく、そのままそっと、本箱の隅にしまい込んだ。

ところが、その翌年の夏のある日、隆の孫で中学1年生の啓太君が札幌にやってきて、曾祖父の事を調べて夏休みの自由研究のテーマにしたいと言う。

啓太君が生まれた時、隆は既に他界していた。そのため、啓太君は祖父の顔を知らない。しかし、祖母の祥子さんに勧められて「戦犯たちの中国再訪の旅」のビデオを見て、特に七三一部隊の跡地での曾祖父の言葉が心に残り、夏休みの自由研究のテーマとして、曾祖父のことをもっと詳しく調べてみたくなったのだという。

私は、その時、父の供述書の事を思い出し、そのコピーを啓太君に渡した。

啓太君はその後の3年間、夏休みの自由研究として、曾祖父と日中戦争のこと、日本に帰った戦犯たちのその後、さらに自分の祖父隆がなぜ戦争にこだわった番組を作り続けたかを探究し、「曾祖父の遺言Ⅰ～Ⅲ」として3冊の立派なレポートにまとめたのである。

啓太君の熱意に触発され、私も、やっと、父の供述書を紐解いてみる気になった。


「総結書　1954年5月19日　上坪鉄一　137」

父の自筆の供述書を開くと、そこには、あの懐かしい手の震えの跡の残る几帳面な字で、詳しい経歴と犯罪行為と題する事実が箇条書きのように並べられていた。

この供述書は、Ａ４サイズの便箋約60枚に青いペンで細かい字で書かれていた。

まず、「経歴」という項目には、生年月日・本籍・家族の状況等と、父が小学校入学からソ連に抑留されるまでの詳細な経歴が丁寧な字で記述されている。

その次の「犯罪行為」という項目（「総結書」の大半を占める部分）には、旭川の歩兵第27連隊に配属された時から敗戦に至るまでに父が行った〝中国に損害・不利益を与えた行為〟が、自らの手で「犯罪」として挙げられていた。

第1番目の犯罪行為は、旭川の連隊時代に「中学校生徒を指導し、軍国主義を鼓吹した」とあり、次に中国に渡った後の「鉄道で軍隊・軍需品の輸送を行い、民需貨物の輸送等は殆ど実施せず、人民に交通・経済上の被害を与えた」事や、「愛国抗日分子約１００名の一団を急襲した」といった戦闘行為、さらには「常に密偵を使用して情報を傍受し、人民の弾圧を強化した」「労働者の生活権擁護の正当なる行為を憲兵の権力をもって不当に弾圧し、資本家を擁護した」といった行為が記されている。

ところが、１９４４年8月以降になると、それまでとは全く異なる記述が繰り返し出てきた。「特移扱」や「石井部隊」という言葉が頻繁に登場するようになったのである。

元関東憲兵隊司令部第三課長の吉房虎雄の供述書によると、当時、憲兵隊や「満州国」警察が逮捕して重罪に当たると判断をした者は、裁判にかけることなく「特移扱」として石井部隊に移送し、人体実験に供した。それは、１９３７年末に司令官が発令した「特移扱規定」という秘密命令が根拠になったという。その父の供述書には憲兵隊長になって以降の行為が述べられている。

鶏寧憲兵隊長 1944年8月~1944年10月（憲兵中佐）

鶏寧分隊にて以前に検挙せる「ソ」諜中国人男1を、他諜者索出に逆用中なりしが、此人の報告を逐一調査せるに全部虚偽なること判明せるを以て、本人を特移扱いとして憲兵隊司令官に申請し、司令官の認可及び移送命令によりハルピン憲兵隊に移送せしめ、該隊より石井部隊に特移送せり。

つまり、ソ連のためにスパイをしていた中国人を、他のスパイの探索のため使っていたが、嘘の報告ばかりするので「特移扱」にして石井部隊に送った、という内容である。さらに続いて次のように記されている。

特移扱は「防諜（思想）上、重大犯人にして将来逆用の見込み無き者は、特移扱いとして憲兵隊司令官に申請し、司令官の認可及び移送命令によりハルピン憲兵隊に送致す」と示達せられあり、ハルピン憲兵隊にては之を石井部隊に送致し、石井部隊にては細菌研究に供するものなりと、ハルピン憲兵隊戦務課長より聞知せり……

東安憲兵隊長——1944年11月〜1945年7月20日

・中国人の検挙に就いて

a　1945年2月頃以前より、平陽分隊にて工作中の「ソ」諜並びに道徳会の名目の下に反満抗日を煽動した事件の一味十数名を検挙せしめ、暴挙なる拷問による取調べの上、4月初め「ソ」諜女1、関係者男5、道徳会首謀者2名を特移扱として憲兵隊司令官に申請し、其の認可指示を受け、吟尓浜憲兵隊を経て石井部隊に特移送せしめたり。本検挙のため、鶏寧聯隊より約10名、本部より派遣下士官を応援せしめ、私も連隊長に対し、また現場に至り、指導すると共に鶏寧連隊の留置場を使用せしめたり。

b　1945年4月頃、陵利分隊にて「ソ」諜無電諜者男1を検挙し取調べの上、之が共犯者1と共に2名を同年5月頃、上記同様の手続きを経て石井部隊に特移送せしめたり。本件の取調べにより、平陽附近に容疑者潜伏しある情報を得て2か所の検索を実施せしめたるも容疑者は発見するに至らず、破壊せる無電機材の部分品のみを押収せり。本件取調べのため、新京86部隊（無電監査隊）より技術者の応援を求め、機材は該部隊に引き渡せり。また東安特機に参考事項を連絡せしめたり。

c　1945年5月頃、陵利分隊にて国民党工作員男1を検挙し、取調べの上之が関係者1と共に2名を前記同様の手続きを経て石井部隊に特移送せしめたり。本件取調中、四平及びハルピンに関係者ある旨供述せるを以て調査せるも事実無根なり。

d　以上の外、東安憲兵隊本部附特務課長にて私の部下たる長島大尉の私の犯罪として検挙せる石井部隊に特移送せる「ソ」課15名に関しては、長島大尉が確実に取扱いたる事件として記憶しある以上、私の犯罪と認識しあるも、様々熟考せるも具体的記憶なし。

ただ45年5〜6月頃、東安部隊にて「ソ」課容疑者を逮捕し、関係者新京に在りとて下士官を派遣調査せしめたるも、発見するに至らざる事件ありて、之が結末を記憶し非らざるを以て本件が其一に該当するに非ずやと思考しあり、斯る重大事件を忘却せんことに関し衷心より申し訳なく謝罪します。

……と続いた後、最後に次のように記されていた。

以上私の鶏寧、東安隊長として検挙せる中国人は何れも愛国抗日の積極的先進分子にして私は彼らの大部分を石井部隊に特移送し、最も非人道的な細菌研究の実験に供したるものにて、私の中国人民に対する犯罪の最も厳重なるものと認罪します。

四平憲兵隊長――1945年7月21日～1945年8月24日

・7月24日四平着、空襲下に於ける防衛を主とし、北支方面より転進し来れる部隊の兵2が兵器携行逃亡せるを以ってこれが捜査を四平分隊に実施せしめたるも逮捕するに至らず。

・8月11日、命により通化に本部を移転し、15日以降専ら武装解除の準備と軍隊の過激行動の取締り、居留日本人の保護に当たれり。

・8月24日、「ソ」軍通化入城と共に武装解除、抑留せられたり。

ここで1954年5月19日付の供述書は終わっていた。

ところがその後に、1954年7月29日付の文書が補綴されていたのである。そしてそこには、次のように書かれていた。

一　勃利・鶏寧・平陽地区における抗日地下工作員検挙に関する犯罪

私は、1944年11月頃、勃利附近に於いて工作中の抗日地下工作員（共産党）を勃利分隊長木村光明少佐に命じて検挙、厳重なる拷問を以て訊問せしめ、本人の供述に基づき関係者、桑元慶（平陽）外約90名を勃利、雞寧、平陽地区に於いて検挙せしめました。全員に対し厳重なる拷問を以て取調べせしめ、処分に就いては明確に記憶して居りませんが、45年4月頃（期日は確実ならず）、其内10名（氏名は記憶せず）は特移扱いとしてハルピン特務機関を経て石井部隊に特移送せしめ、残り約80名は釈放せしめました。釈放者の内2名は取調べ中の惨酷なる拷問に基因し釈放後間もなく死亡しました。之は私が部下の憲兵に命じて拷問により殺害せしめたるものと認罪します。本件は既報の勃利に於ける抗日地下工作人員検挙より、発展せる事件と確信します。

二　私は1944年8月より45年2月にわたる間、雞寧、平陽、東安地区に於いて部下の隊長に命じ抗日地下工作人9名（氏名は記憶せず）を検挙せしめ厳重なる拷問を以て取調べの上、内8名は特移扱としてハルピン特務機関を経て石井部隊に特移送せしめ、残余の1名は分隊長に逆用せしめました。

1954年7月29日　上坪　鉄一

と記載されていた。

そしてさらに、7月30日付の文書が続き、そこには驚くべきことに、次のような事実が記述されていたのである。

私が雞寧、東安憲兵隊長として部下の憲兵に命じて抗日地下工作員を検挙の上、拷問を以て厳重なる取調べを実施せしめたる者は、既報せる者150名以上、内特移扱いとしてハルピン石井部隊に特移送せる者44名、拷問致死2名であります。

しかし、私の記憶の程度より考えまして未だ報告し得ざる者相当多数あることは確実であります。したがって以上報告せる数字は何れもそれ以上なることを認識し中国人民に謝罪します。

1954年7月30日　上坪　鉄一

この父の全ての自筆の「総結書」を読み終えた時、私は、石井部隊に送った数が起訴状の22名より多いということにまず驚いた。それと同時に、父の生真面目さと謝罪の気持ちの深さがジーンと伝わってきた。

父の起訴状には、「22名の中国人を七三一部隊に送った」と書いてあった。ということは、22名についてしか、証人も書証も存在しなかった筈である。

それなのに、父は、最初の供述書を提出して2か月半後の7月30日、「44名を石井部隊に送った」と補足した文書を提出している。

なぜ、父は、裁判を受ける前に、自分の罪を重くするような補足文書を提出したのであろうか。

私は考え込んだ。

父は、多分、最初の供述書を書いた後、自分が行った行為の罪深さに改めて恐れ慄いたのだろう、そのために、自分の記憶になくても部下が行った可能性のある行為も含めて自らの行為として認罪することを決意し、「石井部隊に送った数は44名」と具体的な数字を出して認罪した。しかし、それだけではまだ気が済まなかったのか、「記憶していないものも相当あることは確実なので、報告の数字は実際それ以上であると認識して、中国人民に謝罪します」と供述しているのである。

つまり、父は、最初の供述書を書き上げた後、自分の行った行為の罪深さ、非業の死を遂げた抗日運動家たちの無念を想い、「自分の罪は死刑に値する」と自ら死刑に服する覚悟を決めたのだろう。そのために、部下のやった可能性のある事実全てを自らの罪として認罪することを心に決めたのだ。

私はこう考えた時、ここまで深く自らの行為を悔いている父、一切の保身や言い逃れ、自己正当化などの「あさましい根性」を捨て切った父の姿に、「救い」を見出した思いがした。父が愛おしくすら思えた。

その時、何故か、誠実で心やさしい藤田さんや島村さんの顔が目に浮かんだ。そして、2人の姿と父の姿が重なった。

3人共に生真面目に真っ正直に軍国主義の時代を生き抜いてきた。

幼少の頃から「教育勅語」「軍人勅諭」を諳んじるほどまで叩き込まれ、天皇のためなら命を捧げよ、命令ならどんなことでもやれと、身体で覚え込まされて育った。

そして戦地では、「国のため」と一心不乱に真面目に戦った。

その結果がその戦争の中で多くの中国人を拷問にかけ、殺害し、生体実験に送る行為となったのである。そのあげく、部下が女性を強姦したり中国の人々の生活を徹底的に破壊し尽くすことに、良心の痛みの一片も感じない人間になってしまっていた。

殺され、破壊され、犯される者の怒り・苦しみ・悲しみに思いを馳せる「人間の心」を、完全に失ってしまっていたのだ。

父は、生前いつも、

「戦争は人間を獣にし、狂気にする」

「戦局が悪くなると、ますます指揮官も兵隊も狂っていく。そして歯止めが利かない」

と語っていた。

また、七三一部隊のボイラー跡の前に立ち、

「『人殺しはやっちゃいかん』。これが我が家の家訓だ。お前たちの子供にも話してね、永遠にそれを守るように話してやってもらいたいんだよ」

と、息子に哀願するように語っていた。

あんなに生真面目で愛情深かった父と100人以上もの中国人を拷問にかけ、多くの抗日運動家を七三一部隊に送った父。

この落差が「戦争は人間を獣にし、狂気にする」ことの証明であろう。

だからこそ、「認罪」により「人間」の良心と感情を取り戻した父は、必死の思いで、子や孫に、「絶対に戦争を起こさないように、日中友好のために、力を尽くしなさい」

「人殺しだけは絶対にするな」

という遺言を残して、死んでいったのだろう。

藤田さんや島村さん、そして多くの戦犯たちの想いも同じだったに違いない。

私は、父の自筆の「総結書」の、手の震えの残る文字を見ながら、父の心の中の慟哭を想い、悲しみが溢れ出た。

4. 父の「認罪」が訴えるもの

多くの戦犯や父の「認罪」の証言は、「人間が人間として生きるとはどういうことか」を私に深く考えさせた。

私は15歳で初めて父に会い、その後の29年間、父と共に生きてきた。私は戦争を知らない。しかし、父や母そして兄や姉を通して「戦争」をいつも自分にとって非常に重要な問題であると感じて生きてきた。

それは一体どういうことだったのだろうか。

父の「認罪」は、私にとって、どんな意味を持っているのだろうか。きちんと考えてみようと思った。

帰国後の父は常に「中国の人々に申し訳ないことをした。死んでも死にきれない思いだ」と言いながら、真面目に働き良心的に「戦後」を生きた。そんな父と戦後38歳から農業に従事して唯ひたすら黙々と農作業を行っていた母に育てられた私たち兄妹は、否が応でも「人が人として生きるということは、どういうことなのか」という問いと向き合わざるを得なかった。

この問いは、「敗戦」と「引揚げ」という大きな社会変動を人生の初期に体験した人間にとって、終わりのない、ずっと追求し続ける「問い」なのであろう。

私が、無謀にも、3人の幼な子を抱え30代になって法律家の道を志したのも、貧しい暮らしの中で、長男や三男が物理学やシェークスピアの文学に傾倒し、次男が戦争に関するドキュメンタリーを作り続けたのも、根底にこうした「問い」を抱き続けてきたからではないだろうか。

隆は、21歳の時、建国後6年しか経っていない新中国を訪れ、撫順の戦犯管理所にいる父と面会した。その時、隆は、軍人時代の父とはまるで異なる父の在りように、強い衝撃を受けたに違いない。

父との面会から帰ってきた隆は、しきりと「もっと中国という国を知りたい」と言い、「北京大学に留学したい」とまで言っていた。

そして1958年の春、隆はその頃爆発的に普及し始めたテレビという媒体の世界に飛び込み、数々の「戦争と人間」を考える番組を制作した。

その意味で、我が家で最も深く「戦争」と「父の認罪」の意味を追求し続けたのは、次男の隆であった。彼はそれを映像や文章の形で記録にとどめている。

そこで、私は、その隆の記録を辿りながら、「戦争」と「父の認罪」の意味について、もう少し深く、整理してみようと思ったのである。

隆は、RKB毎日放送に就職した後、ずっと番組編成に携っていた。しかし、本来的に番組制作をやりたかったのか、その間、夜間に脚本を書く学校に通い、志願して制作部門に変わっている。そして、自分の長年抱いてきたテーマを基に数々のドキュメンタリー番組を制作した。

いずれも「社会変動と人間」がテーマである。大きく分けて2つのジャンルに分けられるが、それは「炭鉱」と「戦争」である。

「この春築豊で」、「山野炭住の女たち」、「Oh! わがライン川」などが前者であり、「都城歩兵第23連隊」、「突撃一番　回想の従軍慰安婦たち」、「引揚港博多湾」、「水子の譜《うた》」、「戦犯たちの中国再訪の旅」などが後者である。

なぜ、隆は「炭坑」と「戦争」にこだわり続けたのか。

隆が就職した場所である福岡には、「筑豊」というかつて炭鉱で隆盛を極めた地域がある。時代の流れが「石炭」から「石油」へと移り変わっていく中で、炭鉱労働者たちは自分の意思とは係わりなく、大きな労働争議と廃鉱・離職という社会変動を潜り抜けざるを得なかった。そして三井三池の大争議、炭鉱の閉山、その合い間に起きた大きな炭鉱事故なども、その後の高度成長社会の中で埋もれていき、やがて忘れられていった。そうした時代と社会の変化の波をもろに受けて生きざるを得なかった人間たちはその後何を考えどのように生きざるをえなかったのか。隆は、彼らのその後の生活を追い、時代にとり残されて生きざるをえなかった人々の生きる哀しみや逞しさなど一見目に見えない問題を、抉り出すように番組を作り続けた。

もうひとつの主題が「戦争」であった。

これは、隆が生涯を通じて追求し続けたテーマであり、私たち家族が共通に抱いてきたテーマでもある。隆がドキュメンタリーを通じて扱った「戦争」には「炭鉱」と共通した視点がある。隆が映像を通して問い続けた「戦争」とは、戦時中の出来事でも、戦争の歴史でもない。戦争が終わった後も民衆の心に残る呻きや傷痕であり、戦争の持つ「人間が人間を殺すことを強制される恐ろしさ」であった。

隆は、10歳の時満州で敗戦を迎え、その後の引揚げを経て、鹿児島の田舎で母が農業をして生計を立てるという生活を送らざるを得なかった。つまり、我が家族は皆、満州での特権的な軍人の生活から、敗戦と引揚げ、鹿児島の農村での貧しい生活、という幾つかの大きな社会変動を体験している。

さらにその後、父がソ連の抑留から中国撫順管理所での「認罪」を経て、かつての軍人時代の父とは打って変わった人間となって帰国した。

そうした父親と自分たち家族の「戦後」をとおして、隆は「人間にとって戦争とは何か」をずっと問い続けたのである。

隆の番組は、そこに存在する対象者の語る言葉に寄り添いながら、対象者の根底にある想いを表現しようとしている。

従軍慰安婦たちの問題を扱った「突撃一番　回想の従軍慰安婦たち」（1977年制作）、引揚げを扱った「引揚港博多湾」（1978年）、戦後強姦された女たちの堕胎手術とその後を扱った「水子の譜」（1978年）、軍法会議で裁判を受けた兵士たちの戦争観を扱った「都城歩兵第23連隊」（1976年）等、いずれも「戦争」がもたらした傷痕を、本人たちが自分の言葉で率直に語っている。戦犯たちの認罪をテーマとした「戦犯たちの中国再訪の旅」も然りである。

隆は、こうした番組を作ることの意味について、次のように語っている。

戦争はもう終わったとか、前を向いて歩こうとかする政治状況には、とことんからんでいきたい。戦争で犠牲になった民衆が今なお傷の疼きに耐えているというのに、戦争を遂行した体制は知らぬ顔で生き延び、もう済んじゃった、を決め込むのは許せない。（『朝日新聞』1979年8月19日）

私の経験では、人間は限界状況に立つと自分より弱いものをいじめる。両親の健全な家庭より母子家庭がいじめられ、孤児はさらに見下ろされる。戦争の被害はまず子供や女に及ぶ構造になっている。（中略）こうした事実をきちんと記憶にとどめておかなければ……。（前出）

隆は、戦争というものがごく普通の民衆たちに遺した呻き・苦しみ・悲しみを記録することの意味について、このように語っているのである。

また、「赤子と水子――あの水子たちと私たちは紙一重のところで繋がっていたのです。それを消し去ることは出来ない」（前出）とも言う。

ここでいう「赤子」とは「天皇の赤子」と讃えられて戦争に駆り出されていった民衆であり、「水子」とは戦後の混乱の中で強姦され日本に引き揚げると同時に堕胎手術を受けざるを得なかった女性たちと、生を得ることのなかった胎児たちを指している。

「天皇の赤子」として戦争に駆り出されて死んでいった兵隊と生き延びた兵隊、命からがら引き揚げてきた引揚者とその途中で死んでいった者、博多湾近くの聖福寮（施設）で温かい保護を受けて生き延びた孤児たちと強姦され堕胎手術を受けざるを得なかった女性たち。生き残った自分たちはそのいずれにもなり得たのだと語っている。

私たち家族は、「敗戦」と「引揚げ」を「満州」という特別な地で体験した。そして、その中で、生き抜いていく者と死にゆく者を目の当たりにした。隆の中には、自分もその中のどの1人にもなりえたという強い思いがあった。だからこそ、そうした者たちの記録をどうしても残したい、と考えたのだと思う。

さらに、隆は語り続ける。

戦争ジャーナリズムというと、とかく被害の立場、殺される側で見がちですが、最も大事な点は、戦争の悲劇は、人を殺すことを強制されることだと思います。ごく普通の人間が、人間をクシ刺しに殺すことができるという恐ろしさですね。そこのところを明らかにしなくちゃ、戦争の全メカニズムは解明できないんじゃないですか。（『毎日新聞』1979年8月11日）

貧しさに耐え苦しむ人々が戦争では最も残虐な行動を行うことになる、その差別構造が民衆における戦争の悲劇のひとつであることを私は己のこととして知ることができた。記録とは、未来の行動を映し出す鏡であって欲しい。(「私のテレビドキュメンタリー論」)

「戦争の悲劇とはごく普通の人間が他の人間をクシ刺しにして殺すことの出来る恐ろしさである」と語る隆の言葉に、「戦争」の全てが集約されていると思う。

隆は、「戦争の中で狂わされていく人間の本性」を記録することで、「未来の行動を映す鏡にしたい」と語っている。隆のこの言葉は、彼の番組の根幹にある思想であり哲学であった。


日中戦争の戦犯たちの「認罪」の記録は、今を生きる我々に何を物語っているのか。

戦争とは、国家が国民に人間を殺す行為を強制することである。そしてもっとも重要なことは、「人間が人間でなくなること」を強制する。

他の人間を殺す行為が、人間の心に遺す傷痕の深さ。

この傷痕は、それを行った個人が生涯に亘って負い続けねばならない苦しみと悲しみである。その傷痕は、その根源にあるものを掴み、意識化し、被害者の呻きや苦しみ・悲しみを、自らもそれを体験する過程を経なければ、終生、治癒されることはない。

1人の「素」の人間に立ち返って、自分が傷つけ殺害し犯した他者の怒り・苦しみ・悲しみを、自らもそれを体現することでしか、人間は「人間」を回復することができない。

これは、人間存在の根源的な真理である、ということを、多くの戦犯たちや父の認罪は我々に切々と訴えている。

帰国後の父は、私たちに「戦争は人間を獣にする。狂気にする」と語り続けた。

そして「戦争だけは絶対にするな」という遺言を遺して逝った。父のこの遺言は日中戦争を現実に遂行し、七三一部隊に多くの中国人を送った人間が、「戦争は人間が人間でなくなることである」という真実を自らの身を以て後世に伝えたものであると想う。

撫順戦犯管理所で行われた認罪教育は、建国後まもない時期の中国共産党政府が、他国を侵略して「鬼」と化していった日本の軍人たちを「人間」に戻すために行った、壮大なる事業であったと思う。

それは、中国共産党政府が、人間はどうしたら変わることが出来るのかという「人間の本質」の根源を見極めた上での、人道に則った処遇と教育であった。

私は、今回、父を含めた戦犯たちの認罪の記録をじっくりと読み、自分の父親が中国に抑留されて「認罪教育」を受けたことを、この上なく有り難いことであったとしみじみ思った。

そして私は、父が戦後、「死んでも死にきれない想い」を抱いて、中国の人々に対して、心の中で自分の行った行為の謝罪を続けたこと、そしてその想いを子供たちに切々と語り続けたことは、「あの残酷な戦争を遂行した人間が、戦後は、人間として良心的に生きた」ことの証であり、それが撫順戦犯管理所の職員の方々の高い志や誠意に応える唯一の道であった、ということに初めて気がついたのである。

そしてまた、父の「戦争を絶対するな」「日中友好のために力を尽くしなさい」という遺言は、現実に15年間も日中戦争に係わってきて、「戦争」の実態を内部から見てきた人間、中国の人々の骨髄に滲みる怨みや悲しみ・怒りを直に知った人間の、「魂の底から溢れ出た真実」の想いだったのだと思う。

中国の人々に塗炭の苦しみを与えた戦争に係わった者が、「あの戦争は聖戦だった」とか「国の命令を遂行したまでだ。私個人は悪くない」と言いつつ一生を終えたとしたら、そこには人間としての「救い」がない。人間としてこれ以上の「絶望」はない。

私は、今回、初めて、「上坪鉄一」という人間が自分の父親であったことを神に感謝したい、と思ったのである。

周桂香先生からの手紙

伊東先生へ　2016年1月8日

伊東先生からのお手紙拝読しました。また先生の北京での発表を想い出し、色々と考えさせられました。言葉では上手く言えませんが、今までより一層、中日友好と平和、中帰連の研究に取り組む勇気が湧いてきました。

いつも、伊東先生のことが思い出されます。特に御父君の事を公表しておられる伊東先生の強さ、伊東先生のような日本人もいるのだということに驚きました。

伊東先生とお目にかかったおかげで、私の人生が一層豊かなものになりました。

食事の時、高校2年生の娘に伊東先生がご自身の弁護士業務とは全く別に、お父上や戦犯の認罪について執筆していることを話しましたら、娘から「それって、大変な作業ね。自身は戦争とは何の係わりもないのに（戦犯の娘という）そういう身分にさせられるなんて……」と言われました。

今日は、私の育った山東省と日中戦争のこと、そして大学卒業後に関わった中帰連のこと、更に撫順戦犯管理所の職員はどういう方たちだったのかなどについて、私の方で伊東先生にお伝えしたかった事など、書いてみることに致します。

〈私の故郷の山東省でのこと〉

私の故郷は山東省です。山東省は70年余り前に日本軍が「三光作戦」を徹底的に展開した地域のひとつです。

私の父は撫順の露天掘りの炭鉱で定年まで働きました。母は専業主婦で、両親共に学校に行ったことはなく、貧しい生活の中で私ら6人の子供たちを全員学校に通わせてくれました。

1932年生まれの母は、物心ついた時から「日本鬼子」（当時の日本軍に対する呼び方）による「討伐」のため、大変な被害を受けてきました。家には非常用の荷物がいつも置いてあり、「日本鬼子」がやってくるという情報が入れば、直ぐに一家中が避難していました。ところが、母方の祖母は纏足で早く走れず、村人たちと一緒に逃げる時、母は何回も迷子になり、度々隣村の人が家に連れて来てくれたと話してくれました。

また、避難の時、何日も野宿したり、お腹が空いて野草を食べたり、女性であることが判らないよう大人の女性は灰で顔を黒く汚していたそうです。同じ村の若い女性が「日本鬼子」に強姦され、井戸に捨てられたことも忘れられない母の幼年時代の記憶だと語っていました。

私の祖父の妹の夫も、この時期、幼い子供や老親を連れて避難している途中、「討伐」に来た日本軍に遭遇し、殺されてしまったのです。そのため、彼の妻は年老いた両親と３人の子供を抱え、大変苦労しながら家計を支えました。娘さん（私の叔母）は今年80歳になりますが、何十年もの付き合いがあるのに、日本語を専攻している私には一度もこうした事実を語ってくれません。

昨年、私が叔父（母の妹の夫、叔母は30代で亡くなった）を訪ねた時、その叔父にも惨酷な事実を聞かされました。私の母方の祖母の兄が「日本鬼子」に強制連行される途中で殺され、遺体がそのまま道に捨てられていたとのことです。母は妹と２人姉妹で、18歳の時に父と結婚して実家を離れたため、この事実は知らないそうです。

また、私の母方祖父は若い時、地元に侵入してきた「日本鬼子」に強制徴用され、日本軍のトーチカ[※21]造りの労働をさせられました。昼間は「日本鬼子」に連れられてトーチカを造りに行き、夜になると何人かの仲間たちと昼間建築したトーチカを破壊しに行ったそうです。そして八路軍が来たときには、いつも担架係として戦場へ応援に行ったと、祖父は生前、孫の私たちによく語ってくれました。

１９４２年12月、私の実家のある張集鎮へ１万人位の日本軍が「討伐」にやってきて、血眼になって八路軍を探し、男性を見つけたら直ぐに手や足、歯をチェックし、手足にタコが無い人、足に泥が付いていない人、歯が綺麗な人は全て「八路」と見なし、直ちに殺したそうです。現地に暮らしている商人や学生も手にタコが無いため何人かが日本軍に惨殺されたということです。74歳の老人が玄関ドアを直ぐに開けなかったといって侵入してきた日本軍に蹴られてその場で死亡した話も聞きました。

私が育った故郷は山東省の南西部にあり、とても辺鄙なところですが、このような辛い記憶を持っていない人はおそらく少ないでしょう。

どの家庭でもこのような記憶をいくつか持っており、聞くと教えてくれます。本当に戦争というものは、思い出すだけで、辛く悲しいものですね。

〈中帰連と私〉

中日国交回復した年の1980年代は、中国で日本語が使える人が不足していたため、私は大学時代、英語学科から日本語学科に配属替えされたのです。私が「日本語専攻」になることを家族は猛反対しました。しかし、父と母は「国の方針だから仕方がない」と諦めましたが、山東省の親戚は「何で日本鬼子の言葉を勉強するのか」と言い、故郷に帰る度に、親戚や村人たちから「どうしてなのか」と追及されました。母方の祖父は孫の私が日本語を専攻していることが理解できず、1人娘の母に老後の面倒を見てもらいたがらない程でした。

私はこうして大学を卒業し、やっと就職できたと思ったら、今度は勤め先で日本人戦犯に出会うことになったのです。

私は大学卒業後、撫順戦犯管理所から1キロメートル位離れた撫順機械廠という会社に就職しました。そして約1年間の現場研修が終わった頃、この会社と中帰連会員の若月金治氏の経営する若月工作所との合弁合作の話が出たのです。当時、管理所には日本語通訳として呉浩然先生しかおらず、私はそのお手伝いをすることになったのです。

中国語には「冤家路窄」という成語がありますが、日本人戦犯と出会ったことは、まさにその「仇同士こそ巡り会い」でした。

私が最初に中帰連の方と出会ったのは1990年の初め頃で、私は中帰連の人たちを「戦犯」「日本鬼子」として毛嫌いし、二重人格者だと常々思っていました。

反戦平和・日中友好に全力を尽くしていることに感動はしましたが、それでも「日本鬼子」であることが頭から消えませんでした。

こんな思いで日本人戦犯と関わっていたのに、当時、中帰連会員の方々が毎年友好訪中団を撫順に連れて来ていたため、ずっと私は通訳のお手伝いをさせられました。

そんな時、中帰連の人たちが戦犯管理所の元職員たちと親友のようにしていることを本当に不思議に思いました。

一体どうして優しい呉浩然先生が昔あんなに悪いことをした戦犯たちと親しく付き合ってい

るのか、全く理解できませんでした。

彼らのニコニコした笑顔を見る度に、歪んだ「日本鬼子」の顔が頭に浮かんできました。

当時、私は、中帰連の方々や呉先生から「日本と中国の平和と友好の架け橋になってほしい」と期待されており、家族の仕事の関係で撫順を離れて大連に移った後も、わざわざ私のもとへ中帰連の会報や会の40年史である『帰ってきた戦犯達の後半生——中国帰還者連絡会の四〇年』という本等が送られてきていました。

しかし、私自身は中帰連に対して様々な疑問があったため、彼らに心を開くことはありませんでした。

でも、わざわざ送ってもらったのだから勿体ないと、その分厚い中帰連40年史や沢山の会報を引っ越しの度に捨てずに保存していました。

今、振り返れば、この1冊1冊が私と中帰連との絆になってくれたのです。

1993年6月に、私は、若月金治さんが投資して発足した中日合弁企業である「星陽公司」の第一期研修生となり、半年間研修のため日本を訪ねました。

1993年9月、若月さんが私たち研修生を広島の平和公園へ見学に連れて行ってくれた時、新幹線の中で若月さんが長々と話をし始めました。

「私は戦争の時代に生まれ、侵略戦争に参加し、冷戦の時代を経て、今平和共存の時代に生きており、今の平和が本当に大事だと痛感できる。子々孫々、永遠の日中友好を築くため、再び我々のような歴史の轍を踏ませないよう、頑張らなければならない。中日友好と平和はあなたたち若い世代の肩にかかっている。頑張ってほしい。お願いだよ」と一所懸命語りました。ところが、この時、私の印象に残ったのは、若月さんの話の内容ではなく、日本語が判らないほかの4人の研修生が若月さんのうるさい話を聞きもせず、楽しくおしゃべりをしている様子をとても羨ましく思ったことでした。

自分だけ日本語が判るために、この目の前のおじさんの話を聞かねばならないことに、「悔しい」と思ったのです。

こうした私の中帰連に対する認識を変えたのが、若月金治さんの突然の死でした。

それまでの私は、中帰連の活動の真意が判らず、戦犯たちの言う「日中友好」が信じられずにいました。そのため、1996年に撫順を離れることができた時、戦犯たちから離れられて良かったと思ったのです。

そして1998年から3年間、夫の仕事の関係で日本の新潟県で生活することになりましたが、お世話になった若月さんや山岡さんの所には一度も訪ねなかったのです。

そして1999年2月、突然、若月さんが亡くなったとの連絡が来ました。私は妊娠8か月の身でしたが、仕方なく姫路に向かい、お葬式に参列しました。

ところが、実にショックだったのが、棺の中に静かに横になっていた若月さんの顔を見た時です。その顔を見た途端、色々なことを聞かせてくれた若月さんのことが想い出されました。「厳しくそして優しく接してくれたお喋り好きな若月会長はもういない。お父さんのように何から何まで面倒を見てくれ、一緒に旅行し、買い物をした若月会長はもういない。叱られても何と温かかったことか！」と思い、とても悲しくなったのです。

そして「中帰連の人々がやってきたことは真実だった。生涯をかけて嘘をつき通せる人はいない」と思いました。

この時から、私の中帰連に対する見方が一変しました。

中帰連の方々は、侵略とはいえ、いつ死んでもおかしくない戦場で闘い、シベリアでは5年間極寒と慢性的飢餓状態の下で強制労働をさせられ、少なくとも10年以上故国を離れて抑留生活を送った。どんなに辛いことだっただろうか。

やっと無事帰国できた後も、今度は「中共帰り」「アカ」と言われ、就職も結婚もできず、生活が苦しい人たちが数多くいたと言います。それなのに、中帰連の人たちは、日本社会で、一所懸命「初年兵の刺突訓練」「強制連行のための労工狩り」「細菌作戦」「捕虜人体実験」「強姦」「略奪」「焼き討ち」……、恥さらしのようなことを侵略戦争の証言者として話し、書くという活動を続けたのです。

このように考えた時、この20数年間、私は中帰連の方々のこうした真実の気持ちを理解せず、本当にもったいないことをしたと想いました。

〈私と撫順戦犯管理所の先生方との出会い〉

⑴張夢実先生

張夢実先生は、父親の張景恵が偽満州国の総理大臣であった人で、2014年に張氏本人が執筆した回想録『白山黒水画人生』（人民文学出版社）が出版され、自分の人生を語っています。張先生の元々の名前は「張紹紀」で、中国が日本に侵略され、父親の張景恵氏が「漢奸（売国奴）」となったのを恥じて、中華民族の独立の為、中国共産党に参加しました。しかし、1945年の日本敗戦と同時に張先生は偽満州国の皇帝の溥儀や、総理大臣である父親の張景恵と一緒にソ連に連行され、1950年に新中国政府に移管されました。その時既に新中国が成立していたため、自分の夢が叶えられたとして名前を「張夢実」に変え、戦犯管理所の職員となったそうです。張夫人は、当時張総理大臣の家の名も無い家人でしたが、張先生の支援で北京で高校に行き、その後長春の病院で働いていた時、張先生と結婚しました。そして張先生がソ連に抑留されていた5年間、夫人が女手ひとつで子供を育て大変な苦労を体験したそうです。張夢実先生は2014年92歳で他界されましたが、張夫人は今も健在で、北京で娘さんと一緒に暮らしておられます。

(2) 呉浩然先生

呉浩然先生については、『中帰連四〇年史』に、次のように書かれています。

懐かしい便りが届いた。

1980年（昭和55年）10月末、撫順から会員を喜ばす便りが届いた。呉浩然先生からの手紙であった。呉浩然先生は、撫順戦犯管理所時代の全期間を通じて、戦犯たちに対して最も優しく、最も温かく接してくれた工作員で、誰もが彼の小柄な身体と柔和な顔を思い出した。

このように中帰連の会員の呉先生に対するイメージは、20年以上経っても頭の中から離れていないようでした。

2015年夏、私は中帰連会員の聴き取り調査を行いました。その時、呉先生の話題になったら、「兄貴か親父のような人」「優しく温かい人」という言葉が次々に出てきて、皆、懐かしそうに呉先生のことを語ってくれました。戦犯たちがなぜ呉先生にあんなに深い愛情を持っているのだろうかと私は本当に不思議に思いました。

呉先生は、元々朝鮮人でしたが、故郷が日本の植民地になってしまい、家族と共に中国東北地方に難民として移住したのです。

祖父と叔父が日本人に惨殺されたため、呉先生は、1945年、日本軍と闘うために自費で武器を買って「延辺人民子弟兵」に編入、その後「中国人民解放軍第4野戦軍」第43軍156師団に所属して、国民党との内戦の中でも大きな転機となった「四平保衛戦」「遼瀋戦役」「平津戦役」等を経て、長江を渡り南昌まで行ったそうです。

戦時中、一般の兵士から営（日本軍における「大隊」に相当）の指導員にまで昇進しましたが、呉先生の耳は戦場での爆発で損傷し、脳や足にも後遺症が残りました。そのため、呉先生のご遺体を火葬した時、先生の遺骨には沢山の金属が混じっていたそうで、それらは中国の東北地方で負傷した時の砲弾の残りだったと言います。そのため呉先生は生前、天候によって体が痛くなることがよくあると言っていたと聞きました。

なお、後に、中帰連の会員は、呉先生の耳に付ける補聴器を贈ったそうです。

また呉先生は、部隊に居る頃から兵士の思想教育に熱心に携わり、若い兵士たちから「呉パパ」と呼ばれていたそうですが、中帰連賛助会員だった高山洋子さんも呉先生のことを「中国のパパ」と呼んでおりました。呉先生の穏やかな人格は生涯を通して多くの人々に愛され続けました。

(3)温久達先生

温先生は、1951年11月に管理所に赴任し、何回も転職を申し出ましたが結局は転職せず、18年間にわたり撫順戦犯管理所で働いておりました。何故、転職を申し出たかと聞いたところ、「何で日本鬼子にあんな優遇をするのか理解できない」等の気持ちからだったそうです。それでも管理所で18年間もの長きにわたり勤務した理由を聞いたところ、「国の命令だから、真面目に実行すべきだったから」としか答えず、沈黙してしまいました。

また医療の面では、管理所の職員が「日本鬼子」に恨みを晴らす危険があると配慮して、治療から投薬、日常の保健など、様々な面で細かく医療上の規則を作ったと言います。また、渡部信一さんや安井清さんらの治療中の医者側の苦労などについて、沢山語ってくれました。管理所の医者や看護師たちは常に医療の面で万全の措置を講じ、「1人も死なせない」という中央の方針を徹底したそうです。

私が知った限りでは、こうした管理所の元職員らは、管理所で6年間を過ごした日本人戦犯たちが帰国後中帰連を組織し、真剣に「反戦平和・日中友好」の活動をしていることを最初は信じられなかったそうです。

1980年代に日本との交流が盛んになってから日本を訪ね、初めて「戦犯たちが本当に変わった」ことを信じるようになったそうです。

元職員たちは、日本人戦犯たちと直に接している間、彼らが本当に変わるかどうか判らないという気持ちを抱きながらも、忠実に国の方針に従って、真剣に自分の属する仕事をしてきたと聞きました。

〈私の仕事〉

私は、現在、大連理工大学外国語学院日本語学部に勤めております。学生は、中国人学生の他、韓国・カンボジア・ブラジル・ドイツ・アメリカ及びアフリカから来た若い留学生たちで、日本語を専攻する「日本語学部」の学生や、機械・材料・計算機などを専門とする理工系学生の「日本語強化班」、日本語を第一あるいは第二外国語とする各専攻生もいます。

私は、言語というのは、あくまでその対象国の社会や文化を理解し、お互いに交流するための道具であると考えています。そのため、将来中日間の架け橋となるであろう学生たちには、総合的な運用力を身に付けさせるために、文法はもちろん、日本という国、日本の社会や文化、中日関係についてあらゆる要素を授業に含めることが重要だと思ってきました。

しかし、最近の日本語教育については、随分悩んでおります。

というのは、戦後70周年「安倍談話」について、どう説明したらいいのか、良く分からないのです。

安倍晋三首相は、戦後70周年談話の中で「日本では、戦後生まれの世代が、今や人口の8割を超えています。あの戦争には何らかかわりのない私たちの子や孫、そしてその先の世代の子供たちに、謝罪を続ける宿命を背負わせてはなりません」と言いました。

私が納得できないのがこの談話の後半部分です。

安倍総理をはじめ、このような歴史認識を持っている日本の方々には、ぜひ中国に来ていただき、普通の庶民たち、特に山東省や湖北省、南京、上海に住む人達に会って交流してもらいたいと思うのです。

中国のあちこちに、戦時中に日本軍の作ったトーチカなどの戦争の遺物が残されています。戦争の歴史は今もなお生きています。70年前の戦争の記憶は、私たち子や孫たちの記憶の中でもまだ生々しく、消えていません。

安倍首相は、「子や孫そしてその先の世代の子供達に、謝罪を続ける宿命を背負わせてはなりません」と言います。

しかし、被害者の子や孫そしてその先の世代が、あの日中戦争の傷痕に苦しみ続けていることについてはどう考えているのでしょうか。中国人の子や孫を苦しませ続ける権利が日本にはある、というのでしょうか。

また、安倍総理は「70年間に及ぶ平和国家としての歩みに、私達は静かな誇りを抱きながら、この不動の方針をこれからも貫いて参ります」と言いました。もし、そうであるのなら、「新安保法制」はどうして必要だったのでしょうか？

私は、この70周年談話に込められたメッセージを、日本語学習の素材とすることで若い世代に伝えたいと思うのです。しかし、その真意が深く理解できず、どう説明したらいいのか、困っているところです。

どうしたら、中日両国の民衆達が戦争に関する記憶や認識について率直に交流できるのか、私たちにとって、これが今後の課題なのかもしれませんね。

伊東先生、いつまでもお元気でいて下さい。そして、中国と日本の友好と平和のために、一緒に力を尽くしていきましょう。謝謝。

周桂香より

注

※1　小学校時代の恩師との縁：この恩師の長男の吉見胤光氏は、父とは小さい頃から仲のよかった後輩で、九州大学医学部を出て郷里で開業した。私たちが鹿児島の大浦村で生活し始めた頃、村の人たちの尊敬を一身に集めていたが、この方にも大きな恩を受けた。母が破傷風になり生死にかかわるような状況になった時、その当時高価な破傷風ワクチンを打って命を助けてくれた。私たち兄妹が病気になった時もすぐ往診に来てくれた。その度に「鉄兄さんが帰ってくるまでは何も心配しないで良いですよ」と言って貧困な我が家の医療費を免除してくれた。このように吉見家は親子2代に亘って我が家の恩人であったが、その縁はそれだけに止まらず、私の次兄（上坪隆）が吉見家の次女祥子さんと恋愛して結婚し、祥子さんは帰国後の父の老後の世話をし、看取って下さったのである。父は晩年、「又十郎先生の孫に世話を受けられて本当に幸せだ」と日々感謝していた。人間の「縁」とは本当に不思議なものである。

※2　柳条湖事件：日本は日露戦争（1904～5年）の結果、中国東北部（いわゆる満州）のロシア権益を受け継ぎ、遼東半島（関東州）の租借権と、東清鉄道南部線の長春～大連間の経営権を継承した。そしてこれを根拠に関東都督府、南満州鉄道株式会社（満鉄）、関東軍等を設置して満州経営に乗り出した。ところが、1920年代になると、中国では民族運動が高まり、日本の権益伸張政策は手詰

まりに陥った。そこで関東軍は、武力による権益の維持・拡大を画策し、1931年9月18日、石原莞爾らの謀略により満鉄線を爆破、それを中国側の仕業であると主張して中国軍への攻撃を開始し、東北三省を占領下においた（満州事変）。

※3　中帰連の分裂：1966年、日中友好協会の分裂を契機に、中国帰還者連絡会も共産党系と社会統系に分裂し、運動は低迷したが、1986年には統一大会を開催し、中国帰還者連絡会は再度統一した。

※4　将官組、佐官組、尉官以下の組：撫順の戦地管理所では半数以上が関東軍に所属する軍人たちで、階級として、将官7名・佐官17名・尉官69名・下士官以下486名だった。管理所の教育、処遇はこの階級毎に行なわれそれに基づいてこの階級毎に部屋割なども行なわれていた。

※5　集団部落：日本軍は軍拠点の住民と近所の散在農家たちの住居を焼き払い、集団部落を建立して住民を一か所に集めた。部落は塹壕や大砲などを備え、抗日軍や遊撃隊の連携を遮断し、住民を見張ることを目的とした。

※6　無人区：三光作戦を地域的区間的に広げた、綿密かつ体系的な中国人殲滅計画地区。例えば、長城沿線の500キロを越える無人区がある。総面積はだいたい3万平方キロメートルで、当時の人口は約100万人居り、4年間で殺された人数は10万人にのぼった。

※7　三肇惨案：ハルピン近くの三肇（肇東、肇州、肇源）地区において、抗日連合軍に対する大規模な鎮圧と粛清が行なわれたことを指す。

※8　三江省：北は黒龍江を、東はウスリー江を隔ててソ連に接し、万中尾を松花江が貫流しており、開

拓団で有名な佳木斯《ちゃむす》を中心に、1市5県の大きな省であった。三江省粛正工作と名付けて、多くの日本軍、「満州国」軍、「満州国」警察討伐隊が結集し、三江の荒野に大殺戮を開始したのは、昭和12年の暮頃からであった。

日本政府（関東軍）は、「満州国」建国の当初から、この地に開拓団を入植させる目的で、農民の土地家屋を二束三文の値段で強制的に買収していた。農民はこれに憤激し、多くの抗日義勇軍を結成して植民地統治機関を襲撃して反抗していた。三江省一帯は、最も治安の悪い所とされた。

一方日本軍は、昭和12年7月芦構橋事件を口実に、関東軍の大軍を中国国内に侵攻させるという、いわゆる日華事件と呼ばれる新たな侵略戦争を開始していた。こうなると関東軍は、これらの抗日軍を殲滅し、南方侵略に対する五顧の憂いを一層しなければならぬ必要に迫られていた。島村が赴任した昭和14年の1月頃は、大討伐が一段落ついて、相当の打撃を受けた抗日軍は小部隊に分散し、山岳地帯に根拠地を移し、地下に潜って再建工作に専念しようとしている時期であった。

※9　**手錠をかけたことの陳謝：**（引用は次のように続く）手錠は一晩だけだったそうだが、独房を出る時は管理所長がやってきて、「手錠をかけたことは私の誤りだった。深く反省している」と陳謝したそうである。それから2年の後、中佐が起訴免除になって帰国する時、所長はわざわざ天津まで見送り、一夜2人だけで夕食を共にし、象牙の箸を贈って再度陳謝したそうである。

戦犯管理所の最高の地位にある孫中佐が〝過ちは過ち〟として素直に認め、礼を尽くして自己批判する誠実な態度に好感を持ったのか、広瀬さんはその後、一言も所長の悪口を言わず、その箸を大切な記念品として保存していたという。

※10　石井部隊：ハルピンにあった細菌戦の秘密研究部隊。七三一部隊とも言う。

※11　田中上奏文：内閣総理大臣田中儀一が1927年（昭和2年）に昭和天皇に極秘に送った上奏文とされている。

※12　関特演：関東軍特種演習の略称で、日本軍が実施した対ソビエト連邦作戦準備。1941年6月22日に独ソ戦が開始されると、7月2日の御前会議で武力行使で北方問題を解決するとの方針を決定、7月7日に関特演の大動員令が下り、13日に内地から約300の各部隊を動員、16日には14個師団基幹の在満州・朝鮮部隊を戦時定員に充足かつ内地より2個師団を動員、北満に陸軍の膨大な兵力と資材が集積された。

※13　無住地帯：注5参照。

※14　集家工作：注5参照。

※15　北支那方面軍：1939年当時、中国大陸に派遣された日本軍は、支那派遣軍と総称され、総司令部は南京におかれた。華北と内モンゴルの中国軍と戦い占領地域の確保にあたったのが北支那方面軍で、北京に司令部を置いた。北支那方面軍は直属部隊と第1軍と第12軍から編成され、第12軍の隷下に第59師団と第117師団（1944年7月編成）が入っていた。

※16　燼滅掃討作戦：いわゆる三光作戦のこと。1940年8月20日夜、八路軍は華北の主要鉄道、通信線、解放区に食い込んだ日本軍の拠点等に対して一斉に奇襲攻撃を加えた（百団大戦）。同年8月20

日からの2回の攻勢により、日本軍は甚大な損害を被り、百団大戦は北支那方面軍の八路軍に対する認識を一変させ、その後、日本軍は、共産党の軍隊を相手にする戦いから、抗日民衆を相手にする戦いに変化していったのである。その結果、治安攪乱の主体は共産主義化した民衆であり、抗日根拠地・抗日ゲリラ地区の民衆を主要な敵とみなして、殺戮、掠奪、放火、強姦等戦時国際法に違反する非人道的な行為を犯してもかまわない、という本格的な「三光作戦」の方針が打ち出されたのである。

※17　剿共《そうきょう》：共産党に対する討伐、弾圧のこと。

※18　無住地帯：全てを焼き払って荒野にしてしまう作戦。このために多くの住民が追払われた。村は焼かれ、作物、家畜、食料は全て強奪され、抵抗する者は殺された。無住地帯の面積は、5000平方キロメートル以上（四国・九州・沖縄を合せたくらい）と言われている。

※19　万人坑：日本人経営の鉱山や工事現場が、使用していた中国人労働者を酷使し、労働不能になった時に生き埋めにした場所。中国語の坑は、生き埋めの意味があり、犠牲者の数を指して万人坑と呼ばれる。

※20　平頂山事件：1932年9月15日、日満議定書が調印され、日本は「満州国」を正式承認した。その日の夜半から16日未明にかけて撫順の炭鉱が襲撃された。関東軍は中国共産党の仕業であると考え、村人達が中国共産党の抗日解放軍の動きを知らせなかったと判断し、村人全員をスパイと断定して見せしめのため皆殺しを計画。「明日記念撮影をするから集まれ」とおふれを出し、広場に集まった約3000人の村人をめがけて白い布をかけてあった銃架から一斉射撃して皆殺しにした。日本軍は証

掀隠滅のため翌日死体を点検してわずかに命のある者まで銃剣で刺し殺し、全員を土に埋めたと言う。

※21　トーチカ：鉄筋コンクリート製の防御陣地を指す。

参考文献

上坪鉄一　自筆「供述書」（写し）
藤田茂　自筆「供述書」（写し）
島村三郎　自筆「供述書」（写し）
新井利男・藤原彰『侵略の証言――中国における日本人戦犯自筆供述書』１９９９年、岩波書店
岡部牧夫・荻野富士夫・吉田裕『中国侵略の証言者たち――「認罪」の記録を読む』２０１０年、岩波新書
島村三郎『中国から帰った戦犯』１９７５年、日中出版
中国帰還者連絡会『季刊 中帰連』第1号、第2号、第4号、第7号、第12号、第15号、第16号、第19号、第22号、第23号、第37号年、１９９７年6月1日～２００６年7月15日、季刊「中帰連」編集部
板橋潤『日中戦争と治安維持法』２００５年、受け継ぐ会北海道支部
加藤聖文・田畑光永・松重充浩『挑戦する満州研究――地域・民族・時間』２０１５年、国際善隣協会
臼井勝美『満州事変――戦争と外交と』１９７４年、中公新書
太田尚樹『満州と岸信介――巨魁を生んだ幻の帝国』２０１５年、ＫＡＤＯＫＡＷＡ／角川学芸出版
倉橋正直『日本の阿片戦略――隠された国家犯罪』２００５年、共栄書房

富永正三『あるB・C級戦犯の戦後史——ほんとうの戦争責任とは何か』２０１０年、影書房
西里扶甬子『生物戦部隊７３１——アメリカが免罪した日本の戦争犯罪』２００２年、草の根出版会
太田昌克『７３１免責の系譜——細菌戦部隊と秘蔵のファイル』１９９９年、日本評論社
デイヴィッド・フィンケル（著）、古屋美登里（翻訳）『帰還兵はなぜ自殺するのか』２０１５年、亜紀書房
イマヌエル・カント（著）、池内　紀（訳）『永遠平和のために』２０１５年、集英社
上坪隆『水子の譜（うた）——ドキュメント引揚孤児と女たち』１９９３年、現代教養文庫／社会思想社
伊東秀子『めぐりくる季節』１９９３年、花伝社
筒井清忠『満州事変はなぜ起きたのか』２０１５年、中公選書

年表

	日中・世界史年表	上坪鉄一　中帰連年表
1902年	日英同盟成立	上坪鉄一　誕生
1904年	日露戦争開戦（～1905年） 2月　中東鉄道全面開通	
1905年	日露ポーツマス条約（中東鉄道の長春以南の日本への割譲、日本の関東租借が確定） 日本、韓国を併合。	
1912年	1月1日　中華民国成立（孫文が臨時大総統に就任）、清朝滅亡。 中華民国は清朝領土の継承を主張。日本やロシアは満州の主権が中華民国にあることは承認ないし黙認していたが、実質は植民地として統治していた。	
1913年	中華民国大統領に袁世凱（在位～1916年）	
1914年	第一次世界大戦勃発。日本、独に宣戦布告。青島を攻略。	
1915年	日本、袁世凱政権に21ヶ条の要求（旅順、大連、および南満州・安奉の両租借権の99ケ年延長を請求。中国、一部を除いて受諾）。	
1916年	6月6日　袁世凱死去、黎元洪が総統に。	
1917年	ロシア革命	
1918年	張作霖、満州を支配。	

1919年	日本、関東都督府を関東庁（行政）と関東軍に分離。 5月4日　五四運動（抗日運動） 10月10日　孫文、中国国民党を結成。	
1921年	7月23日　陳独秀、毛沢東らにより中国共産党結成。	
1922年	ワシントン会議で支那ニ関スル九国条約締結（日本の満蒙特殊権益を列国が承認）。	陸軍士官学校予科に進学。
1924年	第1次国共合作 第2次奉直戦争で張作霖が勝利。北京政界に進出。	浜松歩兵67連隊に入隊。
1925年	3月12日　孫文、死去。	
1926年	蒋介石率いる国民政府、北伐を開始。	
1927年	日本、山東出兵開始。 3月24日　南京事件 4月12日　蒋介石、上海クーデターにより国共分裂。 4月18日　南京国民政府成立。 金融恐慌	旭川歩兵27連隊に入隊。
1928年	5月3日　日本、山東に出兵し、国民党軍と衝突（済南事件）。 6月4日　関東軍河本大作らの策謀により、張作霖を爆殺。 6月9日　国民政府軍（蒋介石）北伐完成。 12月29日　張学良が南京国民政府に帰順。	
1929年	中東鉄道をめぐり中ソ紛争（張学良がソ連軍に大敗）。	

1930年	世界恐慌始まる。 張学良、蒋介石側に参戦。	海軍高官だった大川内伝七の世話で、山本キワと見合いし、結婚。10月長女誕生。
1931年	柳条湖事件（満州事変） 11月7日　中国共産党、瑞金に中華ソビエト臨時政府（主席毛沢東）樹立。	
1932年	1月28日　第一次上海事変 2月18日「満州国」建国宣言。 リットン調査団、満州へ。 「日満議定書」調印。	
1933年	福建事変で中華共和国が成立。 満州電信電話㈱、受信開始。 日本軍、熱河へ侵入、昭和製鉄所が鞍山製鉄所を合併。	2月　長男誕生。旭川第7師団の編成する部隊と共に中国東北部に出征し、以後2年間、中国で戦争に従事し、中隊長を務める。
1934年	中国共産党、瑞金を放棄。長征開始。 満州国、溥儀を皇帝に帝政施行。 満州電業株式会社設置。	
1935年	中国共産党「抗日8・1宣言」	第7師団とともに日本に帰国。9月に旭川で次男誕生。
1936年	日本、「20ヶ年100万戸満州移民送出計画（翌年第1期移民送出）」 2・26事件 日独防共協定	
1937年	7月7日　盧溝橋事件発生、日中全面戦争へ。第1次産業5か年計画開始。	北支那派遣軍直轄憲兵隊として北支に渡る。

	満州重工業開発㈱設立。 9月　第2次国共合作 11月　国民政府、重慶に遷都。 12月13日　日本軍、南京を攻略。	
1938年	日独伊防共協定 近衛首相声明「国民政府を相手とせず」 日本軍、広東・武漢を攻略。 北支那開発㈱、中支那振興㈱設立。 国家総動員法、興亜院設置。	
1939年	ノモンハン事件 満州開拓政策、本要項発表。	東京憲兵隊司令部に移る。
1940年	汪兆銘政権成立〈南京〉。	3男誕生。
1941年	日本軍、真珠湾を攻撃。太平洋戦争（大東亜戦争）勃発。 日ソ中立条約締結。 関東軍特殊演習（関特演）	この年から、1943年7月まで大阪大手前憲兵隊分隊長を務める。
1942年	満州開拓第2期5か年計画開始。 満鉄調査部事件（第1次検挙） 大東亜院設置（興亜院廃止） ミッドウェー海戦	
1943年	日本軍ガダルカナル撤退。 イタリア降伏。 12月1日　中、米、英3か国首脳によるカイロ宣言。 満鉄本社機能を新京（長春）に移転。	8月満州に渡る。次女（伊東秀子）誕生。

年	事項	個人事項
1944年	満鉄調査部事件（第2次検挙） 4月17日　日本軍、大陸打通作戦開始。	
1945年	2月　米英ソ、ヤルタ会談。 5月　ドイツ降伏。 連合国ポツダム宣言発出。 8月6日広島、9日長崎に原爆投下。 8月9日　ソ連軍、満州進行。満州国崩壊。満鉄解散。 8月14日　日本がポツダム宣言を受諾。全日本軍の無条件降伏。 10月10日　国民党と共産党が双十協定を締結。	8月24日　満州・通化駅にてソ連軍に連行される。 9月1日　ヴォロシロフに移送。 12月6日　ウラル・タブサに移動。
1946年	国共内戦が再勃発。	4月21日　第45収容所（カザフ共和国ウスチカメノゴルスク）に移送。 9月20日　第26収容所（ウズベキスタン・アンジジャン）に到着。
1947年	2月28日　台湾で二・二八事件が発生。	4月20日　ウズベク共和国フェルガナに移送。 5月14日　第387収容所（ウズベキスタン・フェルガナ）に到着。
1948年		10月3日　ハバロフスク市の第16収容所へ転出。 11月3日　ハバロフスクに移送。 11月5日　収容所第7支部より21支部に到着。
1949年	人民解放軍が成都を包囲、蔣介石は台湾へ逃れる。	1月31日　収容所第21支部より16支部に到着。

		11月17日　第2収容所より収容所第20支部に到着。
1950年	6月　朝鮮戦争勃発。	7月18日　中国へ引き渡しのため移送。 7月21日　中国・撫順戦犯管理所に到着。 10月末　ハルピンに移動。
1952年		自筆による供述書の作成開始。 検事による取調べの開始。
1956年		山西省太原市と遼寧省瀋陽市で開かれた特別軍事法廷で、重要戦犯容疑者の45人の裁判が行われた。
1957年		1957年、中国共産党により「罪」を許され帰国した元戦犯容疑者たちの一部は中国帰還者連絡会を創立し、「反戦平和運動」、「日中友好運動」を展開した。特に、自らが戦争ないし戦地で行ってきたことを証言することで、戦争の愚かさを明らかにすることをその運動の核心としてきた。
1958年		上坪鉄一帰国。
1966年		1966年、日中友好協会が分裂したことを機に、中国帰還者連絡会もまた分裂し、運動は低迷したが、1986年には統一大会を開催し、中国帰還者連絡会は再度統一した。
1972年	9月　日中共同声明を発表、国交正常化。	
1987年		上坪鉄一死去

おわりに

この本を書き上げた日の２０１６年3月29日は、奇しくも安保法が施行される日と重なった。今後、政府が判断すれば、日本が直接武力攻撃を受けなくとも自衛隊の武力行使が可能となり、また、時の政府の判断次第で、自衛隊をいつでもどこでも他国の戦争に武力を持って派遣できることになった。

まさに自衛隊は、他国の戦争に出かけていくことが任務の「戦闘部隊」となったのである。かつてのアメリカ主導によるイラク戦争やアフガン戦争がそうであったように、現在のシリアの内戦でも、普通の人々の生命と暮らしがどんどん破壊され続け、難民が生み出されている。今後、日本の自衛隊はそうした他国の戦争に参加して、普通の人々の生命や生活を殺戮し破壊することを任務とする可能性を持つことになる。

まさに、戦争放棄の憲法を持つ日本において、「この国のかたち」が変質し始めている。

戦後70年が経過した今、日本の国民の多くは、消費生活に生きがいを求めるのではなく、健康で安全な生活、個人が大切にされ戦争のない平和な生活を指向する時代になった。

にもかかわらず、安倍総理は、憲法を変えて日本の再軍備を図ろうとした祖父岸信介の「悲願」達成を使命とするかのように、特定秘密保護法を強行に成立させ、集団的自衛権行使容認の閣議決定、安保法の強行裁決と、憑かれたように、憲法9条を変える道を突き進んでいる。

さらに、新しい憲法の中に「緊急事態条項」を設けることを公言し、首相の判断で国民の基本的人権を制限して戦時下体制を敷くことに、執念を燃やしているかのようである。

こうした状況の中で、私には、父の遺した次の言葉が生々しく現実味を帯びて心に響いてくる。「戦争は時の為政者の考え次第で、時代の衝動のように、突然、起こる。そしていったん戦争が始まったら、もう、誰もそれを止めることはできない」と。

戦前、政治家や軍人・経済人・マスコミのみならず、多くの日本国民が戦争を賛美した。しかし、敗戦後はその戦争に対して誰も責任をとらず、自己批判もなしに戦前の地位に復帰していった。そうした中で、日中戦争や太平洋戦争の加害国は日本であるという事実を、きちんと子供たちや若い人々に伝えることをしなかった。

日本の自衛隊がかつての被害国に武器を向け、アメリカの戦闘に参加することがあったら、それは戦前日本軍が行った残酷な戦争行為に対する憎しみに火をつけ、憎悪を倍増させることになるであろう。

そして、日本が戦場になる可能性さえも導くことになるだろう。加害者は忘れても被害者は戦争による惨禍を決して忘れていないからだ。

だからこそ、かの戦争の加害国である日本は、周辺諸国との間にどのような軋轢が生じたとしても、あくまでも外交努力により解決を図るべきで、武力を用いてはならない。


今後、日本の自衛隊が軍事行動を共にするアメリカは、第2次世界大戦以降、いつも、どこかで、そして今も戦争を繰り広げている。

そのアメリカの戦争の実態と全貌を知るには、戦場に派遣された兵士たちの「その後」を知らなければならない。日中戦争の戦犯たちの認罪の記録が、その実態を示しているように。

『帰還兵はなぜ自殺するのか』（デイヴィッド・フィンケル著、古屋美登里訳、亜紀書房2015年2月）や、映画『アメリカばんざい～Crazy as usual～』（監督藤本幸久）が、それを生々しくレポートしている。

世界一の経済大国アメリカでは、国民の100人に1人がホームレスとなり、その数は300万人を超え、その内の3人に1人が帰還兵だという。

イラク戦争やアフガン戦争に派遣された約200万人の兵士のうち、約50万人がPTSDやTBI（外傷性脳損傷）に苦しんでおり、うつ病やアルコール・ドラッグ依存症、自殺、家庭内暴力、犯罪といった「病理」が多発している、と報告している。そして、「人間は人間を殺すようにはできていない」

「人を殺してしまったら、決して元には戻れない」

「人を1人殺す度に、自分の中の何かが死んでいく。破壊された人間性の行きつく先がPTSDである」と訴えている。

18世紀の戦争の絶えない時代を生きた哲学者のカントは、晩年に書いた『永遠平和のために』（池内紀訳、集英社）という名著の中で、戦争について次のように述べている。
「行動派を自称する政治家は、
過ちを犯して国民を絶望の淵に追いやっても、責任は転嫁する。
借款によって戦争を起こす気安さ、
また、権力者に生来そなわった戦争好き、
この2つが結びつくとき、永遠の平和にとって最大の障害となる」
また、「共通の敵でもない別の国を攻撃するために軍隊を他国に貸すことがあってはならない」とも述べている。
このカントの照らした道こそ、憲法9条の下で、戦後の日本が歩んできた道であった。
安倍総理は、こうした「平和な状態」をわざわざ覆し破壊しようとしている。

私は、今回、日中戦争における戦犯たちの「認罪」の記録を読み、日中戦争で日本軍が中国人に対して行ったこと、父が実際に関与した凄惨な行為などを読み進める過程で、度々、胸が痛くなるような言いようのない悲しみに襲われた。そして、切実に思った。

「人は、人を殺すことを強制された時、際限なく残酷になり、『獣』となり狂気となる。それが戦争である」と。

私にとって、この本に、大連理工大学の周桂香先生からのお手紙を掲載できたことは、望外の幸せである。

周先生とは、昨秋、初めて中国でお会いしてからメールをやりとりする中で、その誠実なお人柄に触れますます親交を深めることになった。そして周先生は、私がこの本を書くに当たり、当時の中帰連や今の日本に対する周先生の正直な感想、撫順戦犯管理所の職員の方々の当時の日本人戦犯に対する想いなど、お聞きしたかったことについて丁寧にお手紙で綴って下さった。

周先生は、戦後70年の安倍談話の内容を中国の若者達に伝えたいと思ったが、「談話に込められた真意がよく理解できない」と困惑しておられる。安倍談話は、周先生の御指摘のとおり、あの戦争の被害者の苦しみに対して想いを致すことなく、加害者側の都合のいい理屈を並べ立てているに過ぎない。

日本の中で「戦争」が語られる時、原爆投下や東京大空襲の被害など「日本が受けた被害」

が前面に出て、加害国として行った非道な行為は黙殺されることが多い。安倍談話は、まさにその典型である。

私たちは、日中・アジア太平洋戦争の加害国として、その歴史を次世代に正確に伝え、それを基に戦争反対の気持を育てていかなければならないと切に想う。


この本を書くことは、私にとって精神的にとても辛い作業であったが、渾身の想いを込めて書いた。

そんな中で色々な方々の励ましや的確なご意見に背中を押してもらい、何とか上梓することが出来た。NPO中帰連平和記念館理事の石田隆至氏、元裁判官で今私と共に恵庭OL殺人事件の再審請求に取り組んでいる木谷明弁護士、元北海道新聞社の島田昭吉氏、高校時代の同級生和田正武氏、花伝社の平田勝氏と水野宏信氏、実兄の上坪正徳と伊東法律事務所の鈴木聖子さんに、本書を借りて心からお礼申し上げます。

そして、本書を、亡き父や藤田茂・島村三郎両氏をはじめとする中帰連の会員だった方々と元撫順戦犯管理所の職員の皆様方に、そして亡き母と兄上坪隆に、慎んで捧げます。

2016年4月5日

〈著者紹介〉
伊東秀子（いとう・ひでこ）
1943 年満州（現中国東北地方）生まれ。
1966 年東京大学文学部卒業後、東京家庭裁判所調査官を経て、3 人の子育てをしながら 1979 年司法試験合格。
1981 年弁護士登録。
1990 ～ 95 年まで衆議院議員 2 期を務める。
1995 年に弁護士業を再開し、恵庭 OL 殺人事件などの刑事弁護、医療過誤・行政・労災事件等多くの民事事件に取り組んでいる。
著書に、『めぐりくる季節』、『ひとりから、ひとりでも』（以上花伝社）、『佐川急便事件の真相』（岩波ブックレット）、『恵庭 OL 殺人事件：こうして「犯人」は作られた』（日本評論社）など。

父の遺言──戦争は人間を「狂気」にする

2016年6月20日　初版第 1 刷発行

著者 ──伊東秀子
発行者 ──平田　勝
発行 ──花伝社
発売 ──共栄書房
〒101-0065　東京都千代田区西神田2-5-11出版輸送ビル2F
電話　03-3263-3813
FAX　03-3239-8272
E-mail　kadensha@muf.biglobe.ne.jp
URL　http://kadensha.net
振替 ──00140-6-59661
装幀 ──加藤光太郎
印刷・製本─中央精版印刷株式会社

ISBN978-4-7634-0775-7 C0020